集英社オレンジ文庫

威風堂々悪女 6

白洲　梓

本書は書き下ろしです。

威風堂々悪女6

もくじ

威風堂々悪女 6

序章

目が覚めるより先に、焦《こ》げ臭《くさ》さが鼻を掠《かす》めた。

「──奥様、お逃げください！　火事です！」

丹子《たんし》の声がする。まだはっきりしない意識の中で、ああついにこの日が来たのか、と秋《しゅう》海《かい》は思った。

「奥様、早く！」

身体を起こして周囲を見回すと、寝室の扉の向こうから黒々とした煙が忍び込んできていた。寝間着の袖《そで》で顔を覆《おお》い、丹子に手を引かれながら部屋を飛び出す。

いつかこんな日が来るかもしれないと覚悟はしていた。特に最近、彼女の娘である柳雪《りゅうせつ》媛《えん》が流刑《るけい》に処されてからは。以前から時折受けていた嫌がらせは日に日に苛烈《かれつ》さを増していた。もう滅多《めった》に外を歩くこともできない日々が続いている。

下男たちが火を消そうと、懸命に水をかけているのが見えた。しかし炎は勢いを増すばかりで、屋敷を侵食するように燃え広がり、どす黒い煙を充満させていく。

「もういいわ！　皆逃げなさい！　早く！」

秋海は大声で避難を促《うなが》すと、ごほごほと咳《せ》き込んだ。煙を思い切り吸い込んでしまったのだ。視界が悪く覚束《おぼつか》ない足取りでなんとか屋敷の門までたどり着くと、丹子が驚いたように声をあげた。

「ここも……！」

閉ざされた門扉《もんぴ》は炎に包まれ、黒煙が立ち上っていた。秋海と丹子は後退《あとじさ》りし、天に昇っていくような煙の柱を呆然と見上げる。閂《かんぬき》を外そうにも、触れることもままならない。

それはこの火事が自然に発火したものではなく、何者かの放火によるものだという事実を如実《にょじつ》に語っていた。下手人《げしゅにん》は逃げ道も塞《ふさ》いでいったのだ。油でも撒《ま》いたのか、炎の勢いは一段と激しく大きい。

「裏門へ！」

しかし裏門も状況は同じだった。逃げようとした下男たちが立ち往生《おうじょう》している。

「そんな……」

丹子が震える声を上げた。

屋敷を囲む塀《へい》は、母を案じた雪媛の命《めい》により一段高く改修したばかりだった。足場を置いても容易には乗り越えられない。放火した下手人は梯子《はしご》でも使ってこれを乗り越え、潜《もぐ》り込んだのだろうか。

秋海は裏庭の井戸から水を汲《く》み上げると、桶《おけ》を逆さにして頭から被《かぶ》った。

「奥様⁉」

「皆、水を被って！」

秋海は袖を捲《まく》り、帯紐《おびひも》でそれをたくし上げた。

「扉を開けて外へ出るわよ！　集中的に水をかけます、手伝って！」

そう言って水を汲み上げる。

水を満たした桶を人から人へ手渡しで繋《つな》いで、門扉へ水をかけ始めた。しかし炎の勢いは収まる気配がない。燃え盛る炎の熱でじりじりと皮膚《ひふ》が焼けるようだ。秋海は歯を食いしばった。

このまま死ぬのかもしれない。

そう考えた時、秋海はただ一人の娘の姿を思い浮かべた。

皇帝の寵姫《ちょうき》として、輝くばかりの自信と強靭《きょうじん》さを持った娘。皇后《こうごう》の座まで登り詰めた娘。

(でもあの子は――雪媛は本当は――)

今は独り、小さく丸くなり震えているのではないだろうか。

一章

娘の異変にいち早く気づいたのは秋海《しゅうかい》だった。

流行病《はやりやまい》にかかり高熱に苦しみ何日も意識が戻らなかった十七歳の雪媛《せつえん》は、奇跡的に回復した。それからしばらく言動が不明瞭《ふめいりょう》だったのは、病のせいでまだ朦朧《もうろう》としているのだろうと思っていた。雪媛はずっと、秋海や丹子《たんし》が話しかけても怯《おび》えたような不可解な表情を浮かべていた。

「――あなたは、柳《りゅう》雪媛のお母さんですか？」

寝台に横たわりながら、雪媛がそんなことを言ったことがある。秋海は冗談を言っているのだと思って、くすりと笑った。

「他になんだというの？」

雪媛はなんともいえない表情を浮かべ、それきり口を噤《つぐ》んでしまった。

起き上がれるようになってからも、雪媛の様子はおかしかった。病を得て以来初めて部屋の外に出ると、目を瞠《みは》って黙り込んでしまった。自分の部屋に戻ることができず、屋敷の中をうろうろと彷徨《さまよ》っていることもあった。まるで、初めてこの屋敷を訪れて迷子になっている子どものようだ。

病は癒《い》えたはずが食は進まず、顔色はいつまでも悪いまま。部屋に籠《こも》っては物思いに沈むようにぼんやりとした様子で、秋海や丹子が話しかけてもほとんど口をきかない。

「それは雪媛の膳？」

ある晩、丹子が雪媛の部屋へと向かうのを見かけて秋海は呼び止めた。起き上がれるようにはなったものの本調子ではない雪媛は、今も一人、部屋で食事を摂《と》っている。

「ええ、そうです」

「私が持っていくわ。少しでも食べさせないと」

毎度、ほとんど手つかずの状態で膳が戻ってくるのを知っていた。秋海が現れると、雪媛は少し怯えたような顔で迎えた。

「さぁ、食べて」

汁物を匙《さじ》で掬《すく》って口許《くちもと》へと差し出す。雪媛は戸惑《とまど》うように、少しだけ口をつけた。

「もう一口」

しかし雪媛は俯《うつむ》いて、小さく首を横に振った。

「何なら食べられそう？」

「…………」

「果物はどう？　食べられる？」

雪媛は青白い顔のまま、口を引き結んだ。

「……目のくまが随分《ずいぶん》とひどいわね。眠れている？」

そっと娘の顔に触れようとすると、雪媛はびくりとして身を引いてしまう。なんだか警戒心の強い小動物を相手にしている気分になった。

秋海はため息をついて、「もう寝なさい」と膳を片した。

その晩、秋海はなかなか寝付けなかった。病を得て以来、娘がすっかり変わってしまったように思う。幾度か寝がえりを打って、秋海は寝台を降りた。

少し酒でも飲もうと思ったが、すでに夜も遅く丹子を呼ぶのは躊躇《ためら》われた。自分で用意しようと部屋を出る。

娘の部屋を庭越しに眺めて、秋海は足を止めた。

（ちゃんと眠れているかしら……）

足音を忍ばせながら娘の部屋の前までやってくると、そっと扉を開いて中を覗《のぞ》いた。手前には卓や椅子が並び、右手の奥が寝室になっている。

秋海ははっと息を詰めた。灯《あか》りが消された室内、窓から差し込む僅《わず》かな月明かりに目を凝《こ》らしても、寝台の上に人影がない。驚いて中へ足を踏み入れる。

「……雪媛？」

部屋中を見回しても、娘の姿はどこにもなかった。

（どこへ行ったの？）

慌《あわ》てて外へ飛び出そうとしたが、あるものが目に入り立ち止まった。

沓《くつ》だ。雪媛の沓は寝台の脇にきちんと揃《そろ》えられたままになっている。裸足《はだし》で出歩くとは思えず、秋海はもう一度室内を探るように見つめた。

ふと、牡丹《ぼたん》を描いた衝立《ついたて》の向こうから衣《ころも》が少しはみ出していることに気がついた。恐る恐る衝立の裏を覗き込む。

雪媛が、赤子のように小さく体を丸めて眠っていた。

「雪媛……」

秋海が呻《うめ》くように呟《つぶや》くと、雪媛の瞼《まぶた》がはっと開いた。秋海に気がつくと驚いたように体を起こし、座り込んだままずりずりと後退《あとじさ》る。しかしすぐに、背を壁にぶつけて止まった。

「どうしてこんなところに寝ているの？　寒いでしょうに」

雪媛は答えない。かたかたと震えているのに気づき、秋海はそっと膝《ひざ》をついて目線を合わせた。その手に触れると、案の定《じょう》冷えている。びくりと雪媛の肩が跳ねるのがわかった。

「雪媛、さぁ布団《ふとん》に入って。これではまた体を壊すわ」

するとと雪媛は首を横に振った。

「いや……」

小さな声が漏《も》れた。

「雪媛？」

「いや……怖い……」

震える瞳から涙が溢《あふ》れ出している。秋海は困り果てた。一体、娘はどうしてしまったのだろう。

「怖い？　どうして怖いの？」

優しく問いかけてみても、雪媛は全身を強張《こわば》らせ荒い息を吐くばかりだった。

秋海は腕を伸ばし、娘の身体をぎゅっと抱きしめた。腕の中で雪媛が息を飲む。

「何も怖いことなんてないのよ。ここはあなたの家で、あなたの部屋。私がいて、丹子がいるわ」

大丈夫よ、と優しく頭を撫でてやる。

こんなふうに娘に触れるのはいつ以来だろうか。幼い頃ならともかく、年頃になってからは親に甘えることなど恥ずかしいという風情《ふぜい》で、いつも大人ぶって澄ましていたのに。

だんだんと雪媛の身体の緊張が解けていくのがわかった。背中を何度も摩《さす》ってやる。

「そうだわ、久しぶりに一緒に寝ましょうか。母様の部屋へいらっしゃい」

「え……」

「昔はよく一緒に寝たでしょう。そういえば、一人で寝るようになってからも時々私の布団に潜《もぐ》り込んできたわね。まだまだ手のかかる子どもだこと」

ほら、と自《みずか》らの羽織りを肩からかけてやり、連れ立って部屋を出た。雪媛はずっと戸惑った様子で、一緒に横になってからもしばらくは目が冴《さ》えて眠れないようだった。

「お前が好きだった昔話をしましょうか」

秋海は、子どもの頃寝物語に聞かせた話を静かに語り始めた。雪媛は黙って耳を傾け、やがて少しずつ、うとうとと瞼を閉じた。

その夜、秋海は娘が寝息を立てるまで、ずっと手を握りしめていた。


翌朝、雪媛の表情は少しすっきりとしていて、朝餉《あさげ》もいつもより食が進んだようだった。秋海は安堵《あんど》したものの、夜になると不安になった。今夜は、雪媛は一人で眠れるだろうか。

「……だい、じょうぶ」

寝支度をした雪媛を訪ねると、少しぎこちなくそう言って布団を被《かぶ》った。秋海はほっとして「おやすみなさい」と部屋を後にする。

しかし夜半になり、自室で眠っていた秋海は僅かに気配を感じてふと目を覚ました。薄暗い寝室の向こうに人影が立っている。一瞬ぎくりとして、しかしすぐにそれが雪媛であると気がついた。

雪媛は秋海の部屋に入ったものの、扉の前でぽつんと立ち尽くしているのだ。

「……眠れないの？」

尋《たず》ねると、雪媛は小さく頷《うなず》いた。表情は暗くてよく見えない。

「いらっしゃい」

そう言うと、雪媛はようやく一歩前に踏み出した。そうして恐る恐るというように、秋海の布団に滑り込む。

「おやすみ」

「…………おやすみなさい」

小さな声で言うと、雪媛は目を閉じた。

以来、雪媛は毎夜、秋海とともに眠るようになった。そうするうちに、徐々に顔色もよくなり、食欲も増していった。

ある日、快気祝いとして雪媛の好物ばかりを揃えた夕餉を用意した。しかし雪媛の箸《はし》はあまり動かなかった。

「あら……また食欲がないの、雪媛？　お前の好きなものばかりなのに」

雪媛は卓を覆い尽くすように並んだ皿の波を、どこか眩《まぶ》しそうに、そして躊躇《ちゅうちょ》するように眺めた。

「……食べてもいいの？　こんなに？」

「お前のために作ったのよ。でもまだ本調子ではないのなら、無理には……」

すると雪媛はそっと鶏肉《とりにく》を箸で取り、おずおずと口に入れた。ゆっくりと咀嚼《そしゃく》する。

「おいしい……」

微笑を浮かべる娘に、秋海はほっとした。すると雪媛は、今までひどく飢えていたとでもいうように、勢いよく料理を口に運び始めた。

「落ち着いて食べなさい」

秋海はそう言いつつ、嬉しくて笑みをこぼさずにはいられなかった。こんなに健康的に食べる姿を見るのは久しぶりだ。思わずその様子をじっと見つめてしまう。

ふと、違和感に気がついた。ここ数日、幾度か感じていたことだった。

「――雪媛、箸の持ち方がおかしいわね」

すると雪媛は驚いたように自分の手元に視線を落とした。秋海の手を眺め、真似するように箸を持ち直す。慣れていない、というようにどこかぎこちなかった。

「最近いつもその持ち方だったわよね。手に力が入らないの？」

あの高熱のせいで体に異状が出ているのだろうか。

雪媛は焦《あせ》った様子で首を横に振る。

「あ……ええと……」

手にしていた箸と椀を置くと、雪媛は俯いた。

「あの、母さん――あ――お、お母様」

「なあに？」

「わ、私……その……」

雪媛は言いづらそうに口ごもる。

「……病気になる以前の、記憶がない……みたいなの」

「え？」

秋海は目を瞬《まばた》かせた。

「何も覚えてない……自分のことも、お母様のことも……丹子のことも、好きだった食べ物も、この屋敷のことも……箸の持ち方も」

ごめんなさい、と雪媛は身を縮める。

「……記憶が、ない……？」

秋海は驚きながらも、ふとあることを思い出した。

丹子が言っていた。雪媛が病床《びょうしょう》でようやく目を覚ました時、初めて口にした言葉。

――私の名前は？

秋海はこれまで以上に雪媛の言動を注意深く観察したり、時折昔の話を振るように努《つと》めた。

「ほら、この手巾《しゆきん》を覚えている？　あなたが十歳の時、初めて刺繡《ししゆう》をして母様にくれたのよ」

そう言って古びた手巾を見せても、雪媛は初めて見るといった様子でそれを眺め、申し訳なさそうに首を横に振った。

雪媛の父親の命日が近づいて屋敷中で法要の準備をしているのを見ても、雪媛は「誰か死んだの？」と首を傾《かし》げていた。

「お父様のことも覚えていないの……？」

さすがにこの時は、秋海も泣きそうになってしまった。すると雪媛は俯いて、「ごめんなさい……」と言うばかりだった。

雪媛の看病に当たった医者に相談すると、初老の彼は顎鬚《あごひげ》を撫でながら考え込んだ。

「稀《まれ》に、熱が脳に影響を与えてそのような症状を引き起こすことはあります」

「では本当に？」

「狂言の可能性もありますが……しかし、お嬢様がそのようなことをする理由に思い当たりますかな？」

「いえ……むしろ、記憶がないというほうが確かにしっくりくることが多くて……」

秋海は途方に暮れ、頰に手を当ててため息をついた。

自分に対して「お母さんですか？」と尋ねたり、屋敷の中で迷子になったり、病から回復した後の雪媛の言動は、記憶がない、と考えればいずれも符合する。

「あの、どうすれば記憶は戻るのでしょう？」

「そうですな。まず、責めてはなりません。無理に思い出させようとしないで、安心させてあげることです。時間が経《た》てば徐々に思い出す者も多い。焦らず、ゆっくりと構えることが肝要《かんよう》です」

焦《あせ》らず、というが、そうもいかない事情があった。

雪媛は瑞燕国《ずいえんこく》皇帝の後宮《こうきゅう》へ入ることが決まっている。記憶とともにこれまで身に着けた礼儀作法も教養も知識も、すべて消えてなくなっているとしたら一大事だ。何しろ箸の持ち方すら覚えていないのだから。

医者を帰して雪媛の部屋に向かうと、そこはもぬけの殻《から》だった。

「雪媛は？」

丹子に尋ねると、書庫へ行ったという。

「……あの子が、書庫へ？」

「最近、よく籠っていらっしゃいますよ。書物なんて大嫌いだったあの雪媛様が、どうなさったんでしょうね」

秋海も意外だった。雪媛は幼い頃から勉学の類《たぐい》が苦手で、じっとしていられない性質《たち》だった。書庫に自ら足を向けたことなどない。

尹《いん》族の暮らした蓬国《ほうこく》が滅んだ後、秋海の夫である柳正国《せいこく》は一族の蔵書《ぞうしょ》をこの新しく用意された瑞燕国の屋敷にすべて持ち込んだ。それは尹族の歴史や文化を記した貴重な書物の山であり、正国は決してこれを失うまいとした。

「国が滅んでも、我らが築いた文化や知識が残ることで、魂は生き続ける。祖先が生み出したものを、守り引き継ぐことが私の使命だ」

早々に降伏した柳一族は下級貴族として瑞燕国の末端に組み込まれた。正国がいち早く降伏を決めたのは、決して臆病風に吹かれたからではない。国力の差を正しく見定め、勝ち目のない戦《いくさ》と判断し、大事なものを守るにはどうすべきか最善を考えたからだ、と秋海は思っている。

大事なものを——彼と秋海の娘を守るために。

そんな正国を意気地なしと激しく非難し、離反した一族の者もいた。彼らは最後まで戦い、そして命を失ったと聞く。

正国は瑞燕国へ迎え入れられてすぐに、病で命を落とした。それに続いて雪媛まで床《とこ》に臥《ふ》した時には、秋海もさすがに絶望した。国を失い夫を失い、彼女にとっての世界とははや娘だけだった。この子さえ無事でいてくれるなら自分の命を捧《ささ》げる、と何度も神に祈った。同族に罵《ののし》られようと恥辱《ちじょく》を承知で夫とともに生き延びたのは、何のためだったのか。

だから、雪媛が流行病から回復した時には歓喜に震えたし、神に何度も感謝したものだ。

書庫へ向かおうとすると、丹子が少し困ったような顔をして言った。

「あの、奥様……下女が言うには先日、雪媛様がご自分でお部屋の掃除をしていたというんです。袖《そで》を捲《まく》って膝をついて、こう、床をごしごしと磨いていたと」

「ええ？」

秋海は少し素《す》っ頓狂《とんきょう》な声をあげた。

「それだけでなく、朝早く厨《くりや》にやってきて、火を熾《おこ》して朝餉の支度をしようとしたとか……一体どうしたんでしょう。そんなこと、今までなさったことないでしょうに」

「あの子が……？」

「はい。起き上がれるようになってから、どうにもじっとしていられないようなんですよ。下女たちが、それは自分たちの仕事だからと慌ててやめさせたそうなのですが、それで最近は書庫にばかり入り浸《びた》っているようで……」

王族であった柳本家の一人娘である雪媛は、幼い頃から大勢の使用人に囲まれて生きてきた。拭《ふ》き掃除などやりたいと思ったこともないことは、秋海が一番よくわかっている。料理は婦人の嗜《たしな》みとして秋海がいくらか教えたものの、火熾しから自分でやったことなど秋海ですらなかった。食材の準備も下ごしらえも何もかも、下女にさせていたものだ。

薄暗い書庫はそう広くはない。秋海が覗き込むと、壁に背を預けて座り込んでいる雪媛の姿が見えた。その両脇にはこれから読むつもりなのか、あるいは読み終わったものなのか、書物が何冊もうずたかく積まれている。膝を抱《かか》えるようにして本を開いている雪媛は、瞳を輝かせて夢中で文字を追っていた。

（本当に、意外だこと……）

父親の蔵書に、今まで興味を持ったことなどなかったのに。

雪媛は食事時になっても書庫から出てこなかった。何度呼びに行っても生返事で応《こた》えるだけ、と丹子がため息をつくので、秋海は仕方なく自ら足を運んで雪媛を引っ張り出した。

「病《や》み上がりなのよ。食べないとまた体を壊すでしょう」

無理やり食事の席につかせると、雪媛のお腹《なか》が鳴るのが聞こえた。雪媛は並んだ料理を前にして初めて空腹に気づいた、というように目を瞬《しばた》かせると、少し恥ずかしそうに俯いた。

雪媛の額《ひたい》に手を当てる。熱はないようだった。雪媛は目を白黒させている。

「本を読むのはいいけれど、あまり長時間はいけませんよ」

「…………はい」

安心したように手を引いて食事を始める秋海をじっと見つめながら、雪媛は小さく返事をした。そうして、自らの額に恐る恐るといったように、右手でそっと触れた。

「お父様は、喜んでいるでしょうね」

「……お父様？」

「お前と尹族の魂を守るために、すべてを擲《なげう》った方だもの。お前があの書物を大事にしてくれたら、それだけでも本望でしょう」

　すると雪媛は、少し複雑そうな表情を浮かべた。

「……お父様って、どんな人？」

　父親のことを、本当に忘れてしまっているのだ。そう考えると悲しかったが、秋海は努めて笑顔を作った。

「では、これからは食事をしながらお父様のことを一つずつ話しましょう。だから、時間になったら必ず書庫から出ていらっしゃい。いいわね？」


「これを……あの子が書いたのですか？」

　秋海は手にした一枚の紙を見つめて、驚きの声を上げた。

　書かれているのは一篇《いっぺん》の詩歌《しいか》だ。記憶を失ってしまった雪媛だが、最低限の教養については勘を取り戻してやらねばならない、と秋海は教師を呼んで講義を依頼した。すると教師は講義を終えてすぐに秋海のもとへ駆け込んできて、雪媛が書いたという詩歌をいくつか見せた。

「正直なところ、詩歌の内容についてはまだまだ未熟と言わざるを得ませんが、御覧の通り……書《しょ》の腕前は見事なものです。試しに有名な歌をいくつか書かせてみましたが、いずれも流麗で、味わい深く素晴らしい！　なんとも才能あるお嬢様でございます！」

秋海はもう一度、その雪媛の書いたという詩に視線を落とした。

（あの子の字じゃない……）

雪媛の書く文字には特徴があって、いつも右斜め上に傾きがちだったし、どこかぎこちなく固い印象で、はらいの部分が妙に長い。幼い頃から娘の手習いの様子を見てきた秋海には、見ればすぐにそれが雪媛のものか判別できる自信があった。

ところが今目の前にあるのは、流れるように柔らかで、優美で繊細でありながらも力強い書。見慣れた癖《くせ》はどこにもなかった。

（記憶を失って、筆跡まで変わるものなのかしら）

雪媛を探しに行くと、書庫に灯りがついているのが見えた。見ればまた、書物に埋もれるように座り込んでいる。

気配を察したのか、雪媛が顔を上げた。

「――お母様」

「先生はお帰りになったわ。お前の書が見事だと褒《ほ》めていらしたわよ」

「……ねぇお母様、これはお父様の字？」

雪媛が開いた書物の端にある小さな書き込みを指し示す。

「ああ、そうねぇ。旦那様のだわ」

雪媛は、そうなの、とじっとその書き込みを眺めた。

「几帳面《きちょうめん》な人だったのね……字の大きさは全部ぴったり揃ってるし、一切歪《ゆが》みもない。こんなに小さくて細かい字だけど丁寧《ていねい》で、基本に忠実で綺麗な筆運び。それに、すごく博学なのね……自分なりの考察を、どの本にもたくさん書き込んでる」

秋海はここにある書物をすべて読んだことはない。正国に書き込み癖があることは知っていたが、雪媛がそんなことを感じ取るとは思わなかったので意外だった。

「そうなの？」

「……きっと真面目《まじめ》で誠実な人だったのね。読んでいると、そう感じる」

「そうね。それに、誰よりあなたを大切に想っていた人よ」

秋海は思い出して微笑んだ。死んだ夫は今でも、確かにここに痕跡を残して存在しているのだ、と思うと嬉しかった。

すると雪媛は、僅かに眉を顰《ひそ》めたようだった。

「……柳雪媛は、幸せ者ね……」

「え？」

低い声に、秋海は首を傾《かし》げた。

雪媛は「なんでもない」と小さく言って、再び本の中に没頭した。

皇宮《こうぐう》からの使いがやってきたのは、雪媛が病から回復して二月《ふたつき》ほど経った頃だった。

「ご息女は、流行病にかかったとか」

年嵩《としかさ》の侍従《じじゅう》はぞんざいな態度で言った。

「はい……回復いたしましたが、まだ養生《ようじょう》中でございます」

秋海は顔を伏せた。

「噂《うわさ》では、病により容色が損《そこ》なわれたと」

「いえ、そのようなことはございません！」

「健康状態に懸念《けねん》がある上、容姿に問題のある者を後宮に迎えるわけにはまいりませんのでな。今日はその確認に参りました。それで、本人はどちらに？」

「……は、はい。丹子、雪媛を呼んできておくれ」

「はい」

丹子に連れてこられた雪媛は、状況が飲み込めないようでぽかんとした。

「雪媛、こちらは皇宮からの使者様ですよ。ご挨拶《あいさつ》を」

「……皇宮？」

侍従はしげしげと雪媛を眺めた。つま先から頭のてっぺんまで、舐《な》めるように視線を動かしていく。

「御覧の通り病の影響はございません。体調もだいぶよくなりました。ただ、まだ万全ではございませんので、もう少しお時間をいただければ……」

「――ふん」

侍従は鼻を鳴らした。

「後日、入宮の日取りが決まれば陛下《へいか》よりお達しがある。それまでは身を慎《つつし》むように」

「――はい」

使者が帰る素振りを見せたので、秋海は内心でほっと息をついた。しかし、何か言いたげにその場にとどまっている彼の様子に、ああ、と思った。

「ご苦労様でございます。これは、気持ちばかりですが――」

そう言って、袖で見えないように金子《きんす》を渡す。それを確かめると使者はようやく満足したように、「それでは」と帰っていった。

「お母様、今の人は何？　入宮って……」

雪媛が不安そうに言った。

「お前の後宮入りの件よ。そろそろ準備をしないといけないとは思っていたけれど……」

「後宮……？」

「ああ……そうだったわね、覚えていないのね」

秋海は娘の手を引いて椅子に座らせた。

「随分前に決まったことなのよ。お前が瑞燕国皇帝の後宮に入ることは……。でもお前は記憶がなくなってしまっていたし、少し時間をもらえないかと申し出ようと思っていたところだったの。それが突然使者が来たものだから……」

雪媛がかたかたと震えだしたことに、秋海は気がついた。

「――雪媛？」

顔色が真っ青だ。

「雪媛、どうしたの？」

雪媛はそれきり、何も話さなくなってしまった。

雪媛の後宮入りの話が出たのは、正国が亡くなり、一族の長が変わってからのことだった。恐らく正国が生きていれば、娘を入宮させることに反対しただろう。しかし新たに長となった柳原許《げんきょ》は、一族がこの国で生き残るためには必要なことだ、と秋海に諭《さと》した。

意外だったのはその時、雪媛自ら「行きます」と申し出たことだった。あの時、娘の瞳に燃えるような暗い光が宿っていたことを秋海は思い出す。

「必ず陛下の寵愛《ちょうあい》を得てみせるわ、お母様」

そう力強く言い放った雪媛が何を考えていたのか、秋海はわかる気がした。

ところが、今は――。

「奥様、昼餉のご用意ができました」

先ほどの雪媛の様子が気がかりでぼんやりとしていた秋海は、丹子の声ではっと我に返った。

「わかったわ。雪媛を呼んできてちょうだい」

記憶のない雪媛にとっては、確かに戸惑う話であるだろう。改めて、きちんと話をしなくてはならない、と思う。

「――奥様！　奥様！」

しばらくして、慌てた様子で丹子が駆け戻ってきた。

「どうしたの。また雪媛が書庫から出てこないの？」

「いいえ、あの――雪媛様がどこにもいらっしゃいません。お部屋にも、書庫にも――屋敷のどこにも」

また衝立の陰で丸くなっているのかもしれない、と秋海は慌てて雪媛の部屋に向かう。

しかし衝立の裏を覗いても、そこに娘の姿はなかった。そして今回は、沓もない。

「あの――お嬢様でしたら、先ほど外へ……」

下女がおずおずと丹子に言った。

「外⁉　どうして止めなかったの！」

「も、申し訳ありません！」

丹子に叱《しか》られ、下女が身を竦《すく》める。秋海は頭を抱えた。

「外だなんて……あの子、どこへ行ったというの？　この都のことも、何も覚えていないでしょうに……！」


息を切らしながら、雪媛——柳雪媛となった玉瑛《ぎょくえい》——は大通りを駆けていた。

どこへ行く当てがあるわけでもなかった。それでも、これ以上あの屋敷にいるわけにはいかない。このままでは、柳雪媛が後宮に入ってしまう。

（それはだめ……だめよ！）

柳雪媛が後宮に入り、寵姫となって権勢を振るい、やがては謀反《むほん》を企《くわだ》てる。それにより尹族は永久に奴婢《ぬひ》の身分に落とされた。そして——。

（私は奴婢よりも、もっと卑《いや》しい存在として生きて——殺される）

全身の肌が粟《あわ》立《だ》つ。

あの男に、物として扱われた感触、そして、剣に胸を貫《つらぬ》かれる感触——。

肩で息をしながら立ち止まり、近くの塀《へい》によろめくように手をついた。贅沢《ぜいたく》な調度品に囲まれ、絹の布団で眠り、錦《にしき》の衣を纏《まと》って、ふんだんに用意された食事を口にしても、これまでの玉瑛としての人生を忘れられるものではなかった。

（柳雪媛が後宮に入らなければいいんだ――そう、雪媛が――私が！）

死んだはずの自分が何故《なぜ》、よりによって憎い柳雪媛として過去の世界で目を覚ましたのか、最初は訳がわからなかった。夢の中にいるのかと何度も思ったし、ここは死後の世界なのかとも考えた。

しかし今、確信を持った。このためだったのだ。

（私が歴史を変える――そのために蘇《よみがえ》ったんだわ）

これは天の導きだ。その人生において何一つなしえなかった玉瑛に与えられた、奇跡のような唯一無二《ゆいいつむに》の機会。

（このまま私がいなくなればいい。そうすれば、柳雪媛は歴史から消え去る）

後宮に入るとは、つまり皇帝の女になるということだ。その寝所《しんじょ》に侍《はべ》るということだ。

ぶるりと体を震わせる。

嫌だった。絶対に嫌だった。

がらんどうのように広い部屋で一人、眠ることすらできなかった。豪奢《ごうしゃ》な寝台は嫌な思い出を呼び起こす。

（でも……どうしよう）

ここがどこかもわからない。どこへ行けばいいだろうか。周囲を見渡す。

多くの人が行き来する整然とした大路《おおじ》。どちらへ行けばいい。

(……ううん、どこへも行かなくていいんだわ)

ふと、目の前に光が差したように感じた。

(この命を絶ってしまえばそれで、全部終わる……)

顔を上げた。柳雪媛が、死ねばいいのだ。そうすれば何も起こらない。

どこへ行けば死ねるだろうか。高い場所から飛び降りようか、川に身を投げればいいのか。この憎い女の身体から、どうしたら魂を抜けるのか。

「おい、どけどけ！」

寄りかかっていた塀の先に、門が見えた。そこから使用人らしき男が出てきて、周囲の人間に散れと指示している。

「旦那様がお通りだ！　道を開けよ！」

門の向こうから立派な身なりの男が出てきて、用意された馬に乗るのが見えた。それに付き従い、他にも数騎が後に続く。

「王《おう》将軍だ」

「皇宮へ行くのかな」

「ほら、あの噂《うわさ》の盗賊の件じゃないか？」

「ああ、例の貴族の屋敷ばかり狙う盗賊団か！　じゃあその件で王将軍が直々《じきじき》に動くのかもな」

周囲からそんな声が聞こえてきて、ぎくりとした。

(王将軍――?)

その騎乗した壮年の男性の姿を、そっと人垣の奥から見上げた。

見覚えのない顔。頰に傷もない。

(ああ、そうか。あの王将軍じゃない。きっとその、父親――)

そう考えて、はっとした。門に掲《かか》げられた扁額《へんがく》を見上げる。

『王府《おうふ》』の文字。

(ここが、あの王青嘉《せいか》将軍の家――)

途端に、胸に冷たい感触が走った気がした。

この塀の向こうに、あの男がいるのだ。玉瑛を殺した、あの男――かつてはあれほど憧《あこが》れ、その武勇伝に目を輝かせ、きっと自分を救ってくれる人だと信じていた大将軍が。

じりじりと後退る。どん、と通行人にぶつかってしまい、文句を言われた。しかしその声もまともに耳に入ってこなかった。

死の痛みとその苦しみが、足元から湧き上がってきた。

そうすると不思議なことに、先ほどまで歓喜ともいえる感情で考えた命を絶つという選択肢が、ひどく恐ろしく、そして耐え難いことに思えた。

よろよろと塀に背を預け、出立《しゅったつ》する王将軍一行の背中を見送る。

この身が柳雪媛だとしても、死を感じるのは玉瑛だった。今度は、怒りが身体の中を渦巻いた。何故自分が、あの苦痛を再び味わわなくてはならないのか。

王家の門が閉まる音が響いた。その扉を雪媛はじっと睨《にら》みつける。

まだ柳雪媛がただの娘であるように、王青嘉も今は将軍などではなく、一介の若い青年、あるいはまだ少年だろう。玉瑛が出会った老将軍は、未来の姿なのだから――。

(今、この中にいるのかしら。道ですれ違っても、あの王将軍だと気づかないかもしれない……)

玉瑛の父と母でさえ、まだ生まれてもいない。ここはそれほどに、過去の世界なのだ。

そう考えた時、あることに気がついた。

玉瑛の知る人物で、この時代にきっと生きていたであろう人物が、もう一人いる。未来では山中に隠遁《いんとん》する老人だったが、その口ぶりや話の内容から、若い頃にはきっと都にいたのだろうと玉瑛はずっと考えていた。

(先生が――どこかにいるのかもしれない)

そう考えて、一瞬胸が躍《おど》った。彼なら助けてくれるかもしれない。

奴婢の玉瑛に、唯一優しく労《いたわ》りの心を示してくれた。その知識を余すところなく与え、学ぶことの喜びと外の世界の広さを玉瑛に教えてくれた人。

しかし、とすぐに気分は沈んだ。玉瑛は彼の名前も知らない。ずっと「先生」と呼んでいた。それ以上のことを尋ねることは、憚《はばか》られた。

唯一彼に繋《つな》がる手がかりといえば、彼の持つ書物の裏表紙の見返しに描かれた、不思議な文様くらいだ。文字のような記号のようなそれは、どこか鳥の絵のようにも見えた。

――それは花押《かおう》というものだ。

老人はそう教えてくれた。花押とは何か、と問うと、

――私の印のようなものだよ。

と笑った。

(でもあれだけじゃ、探すのは無理よね……)

「――雪媛！」

声がして、反射的に顔を上げた。雪媛の母親、秋海がこちらへやってくるのが見える。

雪媛は弾《はじ》かれたように駆けだした。

戻りたくない。後宮に行くわけにはいかない、絶対に。

「雪媛！」

追いかけてくる声がする。

「待ちなさい、雪え――きゃあっ！」

ずさり、という音とともに悲鳴が聞こえ、思わず振り返った。地面に倒れ込んでいる秋

海の姿が目に入る。転んだのだろう、痛そうに上体を起こしている。普段走ったりなどしないであろう貴族の奥方なのだから、当然の結果とも言えた。

この隙《すき》に逃げればいい。そうして都を出て、どこか誰も柳雪媛を知らない土地に行けば――。

そう思うのに、足は動かなかった。

蹲《うずくま》っている秋海が声を上げる。

「雪媛……！」

（私は柳雪媛じゃない）

秋海が起き上がろうとして、「痛っ！」と顔をしかめた。右足を摩っているのが見える。

（関係ない。私には関係ないわ――）

しかし、足は逡巡《しゅんじゅん》した。

そうして気づいた時には、雪媛は秋海の傍《かたわ》らに膝をつき、手を差し出していた。

「……怪我《けが》……したの？」

ぎこちなく声をかけると、秋海は娘の姿を見上げてほっとした表情を浮かべた。

「ああ、よかった！　道に迷っているんじゃないかと心配したのよ！」

「え……」

「お前、屋敷の中だってろくに覚えていなかったのに、この広い都でどうしようっていうの？　見つかってよかったわ」

　そう言って安堵したように微笑む。額には汗がうっすらと浮かんでいた。途端に雪媛は、後ろめたさを感じた。

　雪媛の手を取って立ち上がろうとした秋海は、顔をしかめた。捻《ひね》ったのだろうか、右足に重心をかけると痛むようだった。

「ああ、みっともないわねぇ、私ったら……」

　苦笑する秋海の手を取りながら、雪媛は迷っていた。今この手を振り払って逃げれば、追いかけてはこられないはずだ。

　しかし、放すことができなかった。

　柔らかな手。温かく、優しい手。転んだせいで擦《す》り傷ができ、血が滲《にじ》んでいる。毎晩、雪媛が眠るまでずっと傍《そば》にいてくれた。頭を撫で、優しい眼差《まなざ》しで見守ってくれた。

　それは自分ではなく、本物の柳雪媛に向けられる愛情だとわかっている。

（だけど……）

　そっと秋海の身体を支える。

「……摑《つか》まって」

二章

屋敷に戻ると、秋海《しゅうかい》のために医者が呼ばれた。幸い大した怪我《けが》ではなかったようで、十日ほどすれば治るだろう、と告げられ雪媛《せつえん》はほっとした。

「奥様、原許《げんきょ》様がいらっしゃいましたが……」

丹子《たんし》が困った顔で告げた。

「原許殿が？　急にどうしたのかしら……少しお待ちいただくよう伝えて。着替えなくては」

立ち上がろうとする秋海を、雪媛は慌《あわ》てて支えた。

「お母様、まだ動かないほうが」

「大丈夫よ。でも歩くのを手伝ってくれる？」

「は、はい……」

着替えを済ませると、秋海は雪媛の肩に手を乗せてゆっくりと部屋を出た。秋海が転んだりしないよう慎重に足元を確認しながら回廊を歩きつつ、雪媛は尋《たず》ねた。

「あの……原許殿って誰？」

「あなたのお父様の従兄弟《いとこ》よ。お父様が亡くなってからは、柳《りゅう》一族の長になられたわ」

少し表情を翳《かげ》らせて、秋海が言った。

「お父様以外の本家筋の殿方《とのがた》は国が滅んだ時に皆……亡くなってしまったから……」

玉瑛の記憶では、柳雪媛に兄弟がいたという話は聞いた覚えは無いが、柳一族は彼女のお陰で皆要職に就《つ》き権勢をふるったという。一族といっても遠縁ばかりだったということか。

応接間で茶を飲んでいた初老の男が、現れた二人を見てすっと目を細めた。

「原許殿、ようこそ。すみませんこんな格好で……」

「怪我をされたと先ほど丹子から聞きました。間《ま》が悪く申し訳ない」

「いえ、大した怪我ではないのです。ちょっと転んだだけですから」

「どうぞ無理せずお掛けください」

「ええ、では……。ありがとう、雪媛」

椅子に腰かけながら、秋海は介助する雪媛ににこりと微笑みかける。そんな何げないことに、雪媛はふわりと心が温かくなるのを感じた。

「ではお母様、お話が終わったら呼んで」

「待ちなさい。お前にも話がある、雪媛」

立ち去ろうとする雪媛を、原許が呼び止めた。

「雪媛も？　今日はどのような用向きです？」

「後宮《こうきゅう》入りの件ですよ。雪媛が病《やまい》を患《わずら》って以来、話が止まっていましたからね」

原許は立ち竦《すく》んでいる雪媛に目を向けた。

「幸い、随分《ずいぶん》と回復したようだ。経過は順調なのでしょう？」

「……そ、それが、その……ええ、身体のほうは、よくはなってきたのですが、まだ全快とまでは……」

記憶がなくなった、とはなかなか言いだせないのだろう。秋海は困ったように雪媛と原許の間で視線を行ったり来たりさせた。

「一族の女を後宮に入れることはもう決まったこと。これが遅れれば、我らに叛意《はんい》有りと思われる可能性があります。病を患ったことすら、すでに陛下《へいか》に対する非礼と取られてもおかしくない。──今日使者がいらしたとか。日取りは？」

「追って沙汰《さた》があると……」

「近々、瑞燕国《ずいえんこく》高官の娘が二人後宮に上がるという話を聞きました。後れをとるわけにはいきません。我らも早急《さっきゅう》に手はずを整えなくては」

「ですが……」

「正国殿《せいこくでん》もそう望むはず。なんのために我らが生き延びたか、お忘れか？」

夫の名を出され、秋海は項垂《うなだ》れた。

「雪媛、お前もあれほど望んでいただろう。早く体調を万全に整えよ。必ずや陛下の目に留《と》まり、ご寵愛《ちょうあい》を得るのだ」

原許は厳しい口調で言った。

呆然と彼らの会話を聞いていた雪媛は、かくかくと足が震えてくるのを感じた。どうして戻ってきてしまったんだろう、と馬鹿な自分を罵《ののし》る。

やはり逃げておけばよかったのだ。彼らは、どうしたって雪媛を後宮へ貢《みつ》ぎ物として送り込むつもりなのだ。

（望んでいた？　柳雪媛が？　――ああ、そうね。彼女にとっては皇帝に取り入ることが重要だったんだもの！　馬鹿な雪媛！　あなたのせいでどれだけの人が苦しむと思うの！）

そう思った途端、恐れよりも怒りが勝った。

「私は……私は、後宮へは行きません」

拳を握りしめる。

声が震えるかと思ったが、思いのほかはっきりとした口調で言えた自分に驚いた。ここで言う「私」が本当の「私」ではないから、どこか他人事《ひとごと》のように思われたからかもしれない。

突然そう言い放った雪媛に、秋海も原許も目を見開いて驚いている。

「雪媛……？」

「行きたくありません……嫌です」

きっぱりと言い切る娘に、秋海は困惑《こんわく》の表情を浮かべている。

「行きたくない？　でも、お前あんなに……」

「行きません、絶対に！」

そう言うや否《いな》や、雪媛は部屋を飛び出した。そのまま書庫へ一直線に向かい内側から鍵をかけると本棚の間に座り込み、身体を小さく丸め膝《ひざ》を抱《かか》えた。

しばらくして、扉の向こうから秋海の声が聞こえた。

「雪媛、開けてちょうだい！」

「…………」

「きちんと話をしましょう。ね？」

優しい口調だった。

「記憶がないのだから、お前が戸惑《とまど》うのもわかるわ……以前のお前は納得していたことだったけれど、今はまた、ちゃんと説明が必要よね？」

（やっぱり私は馬鹿だ）

耳を塞《ふさ》ぎ目を瞑《つぶ》る。この人も同じなのだ。騙《だま》されるところだった。

——行きたくない。

玉瑛《ぎょくえい》だった頃も、母親にそう懇願《こんがん》したのだ。

――馬鹿言うんじゃない。さぁ、すぐに行って、旦那様にお仕《つか》えするんだよ。

――お前は、母さんと父さんがどうなってもいいの⁉

「――嫌よ！」

悲鳴のような声を上げた。

「雪媛⁉」

「絶対に嫌なの！　嫌ぁっ！　行きたくない……！」

いつの間にか涙が頬を伝い、がくがくと体が震えていた。

「助けて……」

背を向けて何も言わなかった父。玉瑛の手を振り払った母。

「助けてっ……」

手を差し伸べてくれたと信じた楊慶《ようけい》。

「うう……」

菊花茶《きっかちゃ》の香り。薄暗い回廊の向こうにある、あの男の部屋。

膝に顔を埋《うず》めて、雪媛は泣きじゃくった。

やがて、あたりがしんと静かなことに気づいた。

秋海は諦《あきら》めたのだろうか、気配がなくなっている。

涙でぐしゃぐしゃになった顔を袖《そで》で無造作に拭《ぬぐ》い、そろそろと四つん這《ば》いになって扉の前までやってくる。そっと耳を当て外の様子を窺《うかが》った。

そこへ、どたどたと足音が近づいてきたのでびくりとして身を引いた。

「娘の管理もままならぬとは！　親の言うことに逆らうとは、一体どういう教育をされているのか！」

「原許殿、やめてください！」

激しく扉が叩かれて、雪媛は身を強張《こわば》らせて後退《あとじさ》った。

「出てまいれ！」

「原許殿！」

「ええい、誰かおらぬか！　この扉を壊して開けろ！」

「やめてください！」

「放せ！」

「──きゃあっ！」

「奥様！」

雪媛ははっとした。

倒れ込むような音がする。秋海が原許に食い下がって、突き飛ばされたようだった。

すると今度は、どん、という音がして唐突に扉が揺れた。壊そうとしているのかと思い戦慄《せんりつ》したが、次の瞬間秋海の声が響いた。

「ここは、通しません！　絶対に！」

雪媛は慌てて、扉の脇にある小窓から僅《わず》かに顔を覗《のぞ》かせた。

すると、扉の前に座り込みながら原許に向き合っている秋海の姿が見えた。足を傷《いた》めているので立っていられないのだ。

秋海は両腕を大きく広げていた。まるで扉を、目の前の男から守るように。

「雪媛は私の娘です。あの子が嫌がるなら、私はあの子を後宮に行かせるつもりはありません」

「な……」

原許は目を剝《む》いた。

「何を言っているのだ。これはもう一族で決めたこと――」

「いいえ、私が許しません！」

「……長はこの私だ！　正国殿の奥方といえど、なんたる態度か！」

「旦那様がもし生きていれば、私と同じことを申し上げたはずです！　本人が望まぬことを、一族の都合で押しつけるなど、私は絶対許しません！」

「いまだに昔と同じだとお思いか？　我らの立場がわかっておられないようだ！　祖国では権勢を誇った柳一族も今では風前の灯《ともしび》、小娘一人の我《わ》が儘《まま》を許せるほど甘い状況ではないのですぞ！」

「帰ってください」

「秋海殿！」

「雪媛のこと、決して誰の好きにもさせるつもりはございません！　――丹子、原許殿はお帰りよ！　お見送りして！」

雪媛は息を飲んだ。いつも穏やかで優雅な秋海が、これほど激しく厳しい態度を取るのは見たことがなかった。

原許は憎々しげに顔を歪《ゆが》めていた。長となった自分が元本家の人間から見くびられている、と感じているのかもしれなかった。

「――また来ます。それまでに雪媛に言い聞かせておいてください。一族の命運がかかっているのです。私心は捨てていただかなければ困ります！　……頼みましたぞ」

捨て台詞《ぜりふ》のように言って、苛々《いらいら》した足取りで去っていく。それを丹子が慌てて追いかける。

彼らの姿が見えなくなると、秋海が大きく息を吐くのが聞こえた。

「……雪媛」

声をかけられたことに驚き、ぱっと窓から身を離す。

「夕餉《ゆうげ》の時間には、出ていらっしゃいね」

足を引きずる音がする。やがてその音は遠ざかり、聞こえなくなった。

雪媛はそのまま書庫の片隅に蹲《うずくま》ると、じっと膝を抱えた。

だんだんと日が暮れていくのがわかる。灯《あか》りも持たずに入った書庫の中は徐々に闇に満たされていった。

――私が許しません！

「……母さん」

小さく呟《つぶや》く。あんなふうに守ってくれたらと、玉瑛がどれほど思ったことだろう。

薄暗い部屋の中で丸くなりながら、自分の体を抱きしめた。空気は冷えてきているはずなのに、何かに包まれているように体が温かい気がした。

窓の向こうから、いい匂《にお》いが漂ってくる。夕餉の支度をしているのだろう。

雪媛はしばらく躊躇《ちゅうちょ》してから、やがておずおずと扉を開けて、忍ぶように這い出した。

「ああ、雪媛様。お腹《なか》が空《す》いていらっしゃるでしょう。さぁこちらへ」

丹子がにっこりと笑って誘う。すでに用意された卓の前で待っていた秋海は、雪媛の顔を見て微笑んだ。

「お座りなさい。さて、今日は旦那様のどんな話をしようかしら」

今日あったことなどすべて忘れたように、秋海はいつも通りだった。その様子に雪媛は戸惑い、何も言えなくなってしまった。

静かに秋海の前に腰を下ろすと、じっと箸《はし》に視線を落とす。秋海に教わった正しい持ち方を頭の中で思い出しながらそっと両手で取り上げると、丁寧《ていねい》に和《あ》え物を口に運ぶ。

その手つきを眺めながら、秋海はこくりと「合格」とでもいうように微笑んで頷き、夫の思い出話を始めた。

今日は、二人が結婚する前の話だった。

「──それで、あの人全然はっきり言わないのよ。私のことをどう思ってるのか、結婚したいのかどうか。私もう、じりじりしてしまって。それで、ある日二人で小舟に乗ったんだけれど、喧嘩しちゃったのよ。はっきりしてよ、って私が詰め寄ったの。そしたらあの人真面目《まじめ》な顔で、『何も申し上げられません』って言うのよ。いつもね、あんまり感情が表に出ない人だったけど、あの時は特にそう。お面みたいな顔で。それで頭にきて、降りるわって舟から飛び降りてやったの」

娘時分を思い出しながら、秋海は少女のようにくすくすと笑う。

「私、泳ぎは得意なのよ。川岸まであと少しだったし、大丈夫だと思ったんだけれどね、そうしたらあの人、慌てて追うように飛び込んでしまって。ところがね、あの人まったく泳げないの。溺《おぼ》れて死にそうになってるところを私が助けて、岸に上げてあげたのよ！……結局その後、私の父に正式に結婚の許可を取りに来たんだけれど。それでも私、腹が立って。あの時何も言わなかったくせに、ってね。そしたら、『僕は自分の大事な娘が自分のあずかり知らぬところで男と結婚の約束をしていたら絶対腹を立てるに違いないから、後から自分に挨拶にやってきても突っぱねる所存でいます。だけど僕は絶対君と結婚したかったから、君の御父上の心証を悪くするようなことは決してすまいと決めていたんです』って、これまた真顔で言うのよ！」

呆《あき》れたように肩を竦《すく》める。

「なんというか、秀才ではあったんだけれど、不器用なのよね。それで、祝言《しゅうげん》の時なんかも……雪媛？」

秋海が困惑したようにこちらを見つめた。

いつの間にか、雪媛の頰を熱いものが伝っていた。気持ちが泡立って、それが涙になって零《こぼ》れ落ちてくる。

「今の話、そこまで感動する内容だったかしら？」

雪媛の涙を手巾《しゅきん》で拭いながら、秋海が冗談めかして言った。雪媛が泣いた理由が他にあると、わかっているのだろう。

（この人の娘でいたい……）

そう思った。それが、彼女から本当の娘を奪った結果だとしても。

それきり、秋海は後宮入りの話を一切しなかった。丹子に聞いたところでは、雪媛は再び病にかかって寝込んでいる、ということになっているらしい。

「だから、勝手に外へ出たりしないようにお気をつけくださいね。姿を見られては、病が嘘だと露見《ろけん》してしまいます。それに、都は何かと物騒《ぶっそう》ですから……」

「わかったわ」

屋敷にいても決して退屈することはなかった。書庫は雪媛にしてみれば宝の山だ。かつて玉瑛《おう》が黄家の書庫を見た時、これを端から端まですべて読みつくすことができたら、と渇望《かつぼう》したのを思い出す。あの時の自分には決して叶《かな》わない夢だったが、今はどの書物を手にしても、誰もそれを咎《とが》めないのだ。

雪媛は毎日、書物の海にどっぷりと浸《つ》かった。

秋海の足も治り歩けるようになると、雪媛は心底ほっとした。庭をゆっくりと歩く秋海の様子に胸を撫で下ろす。

「あの……お母様。私、今夜は一人で寝る」

意を決してそう告げると、秋海は目を瞠《みは》った。

「無理していない？」

「大丈夫……」

そう言ってすぐ、雪媛は言葉を足した。

「……でも、やっぱり不安になったら、お母様のところへ行っていい？」

秋海は可笑《おか》しそうに笑った。

「ええ、もちろんよ。いつでもいらっしゃい」

（大丈夫……ここに、怖いものなんて何もないんだから）

夜になると自分にそう言い聞かせ、寝間着に着替えた。秋海が様子を見にやってきたが、雪媛はことさら問題がないというように明るく振る舞って、彼女を安心させた。

「それじゃ、おやすみ雪媛」

「おやすみなさい」

秋海を見送って一人になると、しばらく灯りを消すのを躊躇《ためら》った。これを消すと、闇が広がって不安を感じるかもしれなかった。

何度も逡巡《しゅんじゅん》し、ようやく意を決して灯りを消すと、ぱっと寝台に潜《もぐ》り込む。大きな天蓋《てんがい》も、秋海の寝室でだいぶ慣れたつもりだ。目を閉じて何も考えないようにする。すぐ向こうの部屋には秋海がいるのだ、一人ではない。

（これから……どうなるんだろう）

柳雪媛が後宮に行かなければ、未来は変わる。このまま病と称して閉じ籠《こも》り、話が流れてしまえばいい。しかしそうなった時、自分は一体どうなるのだろうか。このまま雪媛として生きていくのだろうか。

雪媛として目覚めてからの日々は、食べるものにも困らず、苦しい労役《ろうえき》もなく、秋海の優しさに包まれた安逸《あんいつ》なものだ。

しかし、どこか据わりが悪い。この手で何もしなくてよいのかと、不安な気持ちになる。誰かが作った食事で身を養い、誰かが掃除した部屋で息をし、誰かが洗った衣《ころも》を纏《まと》うのは、なんだか足元が覚束《おぼつか》ない気分になった。

ふかふかの寝具の中で、雪媛はぼんやりと考え込んだ。

（柳雪媛はどこへ行ったんだろう？）

本物の雪媛は、今もまだこの体のどこかに隠れていたりはしないだろうか。そしてある時、突然ひょいと顔を出して、玉瑛だった自分は消失してしまうのかもしれない。それとも、雪媛はあの流行病《はやりやまい》にかかった時に死んでしまったのだろうか。魂の抜け殻《がら》になったこの肉体に、玉瑛が憑依《ひょうい》したのだろうか。

（雪媛は私を恨むかしら）

彼女の母を奪い、彼女自身の未来を奪おうとする玉瑛を。

（……いいえ、恨むなら恨めばいい。あなたのせいで未来がどうなったと思っているの！）

いろいろととりとめもなく考えすぎたせいか、眠気は一向に襲ってこない。幾度もごろごろと寝返りを打った。秋海の温《ぬく》もりを隣に感じて目を瞑ることに慣れ過ぎたのだろうか。一人ではやはり、どこか寒々しかった。

やがて雪媛は静かに体を起こした。

そっと部屋を出ると、中庭を隔《へだ》てて向かいにある秋海の部屋を窺う。

（大丈夫だと言っておいて、早速逃げ込んだら呆《あき》れられるかな……）

そちらへ向かいそうになるのを我慢し、少し散歩でもしようと庭に下りた。体を動かしていれば睡魔も襲ってくるかもしれない。

厚い雲に覆《おお》われていて、月の見えない夜だった。死の間際《まぎわ》に見た月は恐ろしいほどに冴《さ》え冴《ざ》えとして美しかったことを思い出す。そしてその美しさは、玉瑛に対して冷酷にさえ思えた。

（王《おう》将軍も……）

死ぬ間際、最期《さいご》に目にした男の顔を思い出す。

強く優しい人だと、勝手に想像していた。実際に目にした彼は、無慈悲で容赦《ようしゃ》のない眼《まな》差《ざ》しをしていた。玉瑛を剣で貫《つらぬ》いた時も眉一つ動かさなかった。

――もちろん戦場では恐ろしいだろうが、元来慈悲深いお方なのだ。

先生と呼び慕《した》った老人は、そう教えてくれた。

（いいえ先生。あの人のどこに慈悲の心などあるというの。あそこが戦場だったとでも？あんなのは人間を相手にした狩りじゃないの。皇帝の命令だからって……命じられればあんなことでも平気でするの……）

夢物語の理想の将軍像に憧《あこが》れていた幼稚な自分に、反吐《へど》が出る思いだった。将軍とは、皇帝の命《めい》に従うだけの人形なのだ。

その時、背後で物音がした気がした。微《かす》かに人の声も聞こえる。

びくりとして振り返った。

屋敷の周囲は四方に高い塀《へい》が立て巡らされている。その塀の上から唐突に、黒いものが落下するのが見えた。

「…………っ⁉」

雪媛は怯《おび》えて立ち竦んだ。

(何？)

落下地点に目を凝《こ》らす。ゆらりと黒い影が蠢《うごめ》いた。

人だ。男が一人、蹲っている。

(……泥棒⁉)

塀を乗り越えて侵入してきたからには、明らかに真っ当な目的を持った人物ではない。

雪媛は後退った。

「誰か……！」

人を呼ぼうと声を上げた、その時だった。

「雪媛……！」

人影が声を発した。自分の名を――本当の名ではないけれど――呼ばれて、雪媛は驚いて口を噤《つぐ》んでしまう。

雲が僅かに晴れた。男の顔が仄《ほの》かに照らし出される。

まだ若い青年だった。雪媛よりいくつか年上だろうか。

「雪媛……俺だ……」

雪媛は困惑した。

青年は前屈《まえかが》みに、ゆっくりとこちらへ近づいてくる。足元がふらついているようだった。よく見れば脇腹から血が流れていて、それを押さえるように手を添えている。

「こ、来ないで！」

思わず悲鳴を上げると、青年は足を止めた。

「――雪媛？　どうしたの？」

秋海が部屋から顔を出す。

雪媛は弾《はじ》かれたように彼女のもとへと駆けだした。庭に佇《たたず》む侵入者に気づいた秋海は険《けわ》しい表情を浮かべ、逃げてきた娘をぎゅっと抱きしめる。

「誰⁉　そこで何をしているの！」

「――奥様、どうかお静かに！　猛虎《もうこ》殿です！」

塀の上にもう一つ人影が現れ、押し殺した声を上げた。その人影は塀から飛び降りると、怪我をしている青年に急いで駆け寄り、今にも倒れそうな彼を支えた。そして縋《すが》るような目で秋海を見上げる。

「奥様、私をお忘れでございますか！　……尚宇《しょうう》でございます！」

秋海は驚いて目を見開き、そして闇の向こうの二つの人影をよくよく探るように眺めた。

「……猛虎殿？　尚宇？　……あなたたちなの？」

「追われているのです！　猛虎殿が怪我を……どうかお助けください！」

秋海が庭へ下りようとするので雪媛は慌てて彼女の袖を引っ張った。

「お母様、危険です！」

「雪媛はここにいて」

そう言って秋海は二人に駆け寄る。そして恐る恐るというように、青年の顔を覗き込んだ。

「本当に……本当なのね？　ああ、猛虎殿……！」

秋海はわなわなと震える手で、信じられないというように口許《くちもと》を押さえた。

「秋海様……申し訳ありません、こんなつもりでは……」

「生きていたのですね……！　皆、死んでしまったと……！」

秋海の瞳から涙が溢れ出す。

「どうか早く、傷の手当てを！」

尚宇と名乗った男が焦《あせ》ったように言った。猛虎と呼ばれた青年は確かに重傷を負っているようで、足元に血だまりができている。秋海もそれを見て驚き、さっと袖で涙を拭った。

「わかったわ、こちらへ。——尚宇、あなたは？　大丈夫なの？」

「私は平気です。猛虎殿が守ってくださいましたから……」

どこかから、どんどんどん、と強く何かを叩く音が響いた。尚宇がはっとして周囲を見回す。

「奥様！」

丹子が慌てた様子で回廊を駆けてきた。何か言おうとして、しかし二人の闖入者《ちんにゅうしゃ》を目にすると驚きの声を上げた。

「……ひっ」

「丹子！　大丈夫、猛虎殿と尚宇よ。どうしたの？」

「あっ……」

二人の顔を見て丹子は息を飲み、混乱したように瞬《まばた》きする。

「どうしたの、何があったの？」

秋海に尋ねられ、丹子は声を潜《ひそ》めた。

「へ、兵士たちが、屋敷の中を捜索させろとやってきたのです。何でも、最近都を騒がしている盗賊がこのあたりに逃げ込んだようだと……」

「盗賊……？」

秋海ははっとして、塀を乗り越えてやってきた二人の青年を見た。闇夜に紛《まぎ》れるような黒装束《くろしょうぞく》を纏い、誰かに追われ深手を負っている。

「まさか、あなたたち……」

「奥様、どうか……お助けください！」

尚宇が険しい表情で懇願《こんがん》する。

(何なのこの人たち……お母様の知り合いなの？)

「駄目だ尚宇……迷惑をかけるわけには……いかない……すぐにここを……出ないと……」

猛虎が苦悶《くもん》の表情を浮かべながら、息も絶え絶えに言った。

「ですが猛虎殿！」

「ここへ来るべきじゃ、なかったのに……」

秋海は二人の様子と丹子、そして雪媛を見つめ、意を決したように顔を上げた。

「雪媛、二人をお前の部屋に。丹子、手伝ってちょうだい。彼らを寝台の下か櫃《ひつ》の中へ隠して」

「お、お母様……!?」

雪媛は驚いて声を上げた。

「捜索を断れば怪《あや》しまれるわ。彼らも後宮入りの話が出ている娘の寝室に足を踏み入れるのは躊躇《ちゅうちょ》するはずよ。――さぁ、早く！　私はできるだけ兵士たちを足止めするから！」

そう言って秋海は背筋を伸ばし、門のほうへと歩いていく。

丹子は尚宇とともに猛虎を支えながら雪媛の部屋へと誘《いざな》った。慌てて雪媛も後に続く。

（何なの……どうなっているの……）

「雪媛様は、どうか寝たふりをなさってください！」

猛虎を櫃に押し込めながら丹子が言った。尚宇は寝台の下に潜り込む。

「で、でも丹子……」

雪媛は声を潜めた。

「彼らは誰なの？　お母様は何故《なぜ》、盗賊を匿《かくま》うの？」

すると丹子は驚いて目を見開き、そしてひどく悲しそうな顔をした。

「……二人とも我ら尹《いん》族の同胞《どうほう》です。そして猛虎様は……猛虎様は雪媛様の従兄弟にあたられます」

丹子はそれだけ言って部屋を出ていった。

闇の向こうから、騒がしい声と足音が響いてくる。捜索隊が入り込んできたようだった。

雪媛は慌てて寝台に横たわり、布団を被《かぶ》る。

「向こうの部屋は？」

「あちらにはお嬢様がお休みになっていて……」

おどおどとした丹子の声がする。

「探せ」

すると秋海の声が響いた。

「お待ちください！　娘は近々後宮へ入る予定なのです。その娘の寝室に踏み入るおつもりですか？　陛下からお怒りが下されますよ」

兵士たちが躊躇《ためら》うような気配が伝わってきた。

「それに、今は体調を崩して寝込んでいるのです。騒がれてはあの子の身体に障《さわ》ります」

「──見ろ、血だぞ！」

誰かが叫んだ。

「庭に血痕《けっこん》が落ちています！」

雪媛はひゅっと胸のあたりが冷えた気がした。

（見つかる……！）

「下手人は深手を負っているはず。やつの血に違いありません！」

「屋敷中探せ！　どこかに潜んでいるはずだ！」

どかどかとこちらへ近づいてくる足音がする。

「おやめください、娘は本当に具合が……！」

「邪魔をするな！」

雪媛は意を決して寝台から飛び降りると、急いで文机《ふづくえ》に駆け寄った。

どん、と音を立てて扉が開く。

兵士が二人、薄暗い部屋の中で蹲っている雪媛に気づき、驚いたように立ち止まった。

「なんだ、娘は寝ておらぬではないか！　やはり嘘であったか！　おい、お前——」

雪媛の腕を兵士が掴《つか》もうとした次の瞬間、雪媛はぐっと身体を折って、ぱっと黒々とした血を吐いた。膝の上に零れたそれが、薄い夜着に染《し》みを作る。

「……うぅっ！」

苦悶する雪媛の様子に、兵士たちはどうしたらよいかわからずおろおろしている。

「お、おい」

「雪媛……!?」

秋海が駆け込んできて娘の身体を起こす。

「お、お母様……」

「雪媛！　どうしたの!?」

「……苦しい……」

ごほごほと咳《せ》き込むと、さらに血が飛び散った。秋海は蒼白《そうはく》になり叫ぶ。

「誰か、早く医者を！」

「ご、ごめんなさい……さっきも庭で血を吐いたの……私……死ぬのかしら、お母様……」

秋海はきっと兵士たちを睨《にら》みつけた。

「出ていって！　早く！」

「し、しかし……」

「早く！」

秋海の剣幕に押され、兵士たちは部屋を出ていった。

「なんだ、じゃああれは病人が吐いた血だったのか？」

「隊長、くまなく探しましたが、誰も見つかりません」

「倉の中も調べたか？」

「はい、すべて」

「くそっ、どこに行ったんだ……おい、隣の屋敷へ行くぞ！」

兵士たちの足音が遠ざかっていく。

門が閉ざされる音がするまで、秋海と雪媛はじっと身を固くしていた。ぱたぱたと丹子が戻ってきて「皆去りました」と告げられると、二人はほっと息をつく。

「雪媛、これ……」

雪媛が吐いたどす黒い液体は、彼女の口許にこびりついていた。それを指で掬《すく》い取り匂いを嗅《か》ぎ、秋海は困惑した声を上げた。

「雪媛……！」

「墨汁……？」

雪媛は頷き、

「うまくいってよかった……」

と息をついた。

薄暗い部屋では黒い液体も血のように見えたのだ。慌てて墨汁を口に含んで血を吐いたように見せかけたが、灯りの下でよく見ればすぐに墨だとばれただろう。誤魔化せてよかった。

「ああ雪媛……よく思いついたわね！」

ぎゅっと秋海に抱きしめられる。その温《ぬく》もりに心底ほっとした。

「でもあまり無茶な真似はしないで……」

「……はい」

尚宇が寝台の下から転がり出てくる。急いで櫃を開けると、彼は息を飲んだ。

「猛虎殿、しっかりしてください！　……奥様、猛虎殿の意識がありません！」

秋海は慌てて立ち上がった。

「客間へ運んで！　丹子、血止めの薬と包帯を！」

秋海と雪媛は夜通し怪我人の看護に当たった。医者を呼ぶわけにもいかず、自分たちでできることはすべて手を尽くした。しかし、猛虎の意識は戻らなかった。

夜が明けて空が白《しら》み始めた頃、秋海は後を丹子に任《まか》せ客間を出た。雪媛もまた、重い瞼《まぶた》を擦《こす》りながら寝室へと向かう。

「お母様、あの猛虎っていう人、私の従兄弟なの？」

「…………ええ、そうよ」

秋海は何故か少し言い淀《よど》むように答えた。

「もう一人の人は？」

「尚宇は、柳本家に仕《つか》えた家令《かれい》の息子よ。二人とも子どもの頃からよく知ってる……国が滅んだ時に行方《ゆくえ》がわからなくなって、死んでしまったんだと思ってたわ……」

秋海はふうとため息をついた。

「生きていてくれて、嬉しい。……でも……」

何かを追い払うように頭を振った。

「少し寝るわ。あなたも休みなさい」

そっと娘の頭を撫で、秋海は寝室に入っていった。

その日の夕方、怪我人はようやく意識を取り戻した。ずっと傍《かたわ》らに控えていた尚宇が歓喜の声を上げる。

「猛虎殿！　……ああ、よかった……！」

猛虎は寝台に横たわったまま、周囲を見回す。

「……追っ手は？」

「切り抜けました。雪媛様が機転を利《き》かせてくださって――」

すると猛虎の瞳が秋海の後ろに控えていた自分に向いたので、雪媛はどきりとした。闇の中で見た時は恐ろしそうな男だと思ったが、灯りの下でよく見ると温和で優しそうな顔立ちをしている。少し垂れ目がちな茶色の瞳は、思慮《しりょ》深げな人柄を感じさせた。

「……そうか。すまない、世話をかけた」

猛虎は体を起こし、痛みに顔をしかめた。

「すぐに出ていきます」

「だめよ、動けば傷が開きます。このまま、絶対安静です」

秋海が猛虎の身体を押し止《とど》めた。

「しかし、これ以上ご迷惑をおかけできません。尚宇、手を貸せ」

「猛虎殿、奥様の仰《おっしゃ》る通りです。しばらくはここで身体を休めては――」

「だめだ！」

ぴしゃりと猛虎が声を上げ、尚宇は身を竦ませた。

「……あなたと尚宇は、死んだものと思っていました」

秋海が静かに言った。

「生きているならどうして連絡してくれなかったのです。私も……雪媛も、皆どれほど嘆《なげ》いたか……」

うっすらと涙を浮かべる秋海に、猛虎は視線を逸《そ》らす。

「私たちのことは死んだと思っていただいて結構です。これからも」

「最近、都を騒がせている盗賊のことは私も聞き及んでいます。昨夜も重臣の屋敷に賊が入ったと。表は今も、兵士たちが物々しく動き回っています。此度《こたび》からは王将軍が討伐《とうばつ》指揮に乗り出したとか」

秋海は少し厳しい口調で言った。

「……あなたたちですね？」

尚宇は俯いた。猛虎は何も言わない。

「王将軍自《みずか》ら、賊に対峙《たいじ》したと聞きました。その時、相手に一太刀《ひとたち》浴びせたのだと……この傷が、そうなの？」

猛虎はやがて、しっかりと秋海の視線を受け止めるように彼女を見つめた。

「そうです」

ぱしん、と秋海は猛虎の頬を叩いた。

「奥様！」

てしまった。

尚宇が青い顔で声を上げる。雪媛もまた、その秋海の剣幕に身が固まって動けなくなってしまった。

「あなたの御父上が私たちと袂《たもと》を分かった時、そのお気持ちは旦那様も私もわかっていたつもりです！　旦那様とは違う形で、皆を守ろうとしたのだと！　ですがこれは……こんなことをして、恥知らずと思わないのですか！」

「……私たちの志《こころざし》は変わっておりません。すべては故国のため、そして尹族のためを思っています」

「盗人《ぬすっと》になることがですか？　なんと浅ましいことを……！」

「盗人はやつらのほうではありませんか！　我らから、国を、土地を、財産を、家族を、未来まで――すべて奪っていった！」

尚宇が我慢ならないというように言った。

「だから我らはそれを取り戻しているのです！　猛虎殿は生き残った尹族を束ね、やがては故国を復興するために息を潜めておられます。それには資金が必要です。私腹を肥やした重臣たちから掠《かす》め取って何を憚《はばか》ることがありますか！　何よりやつらの倉の中には、蓬《ほう》国《こく》から奪った品も多く収められているのです！　持ち主が取り返すのは当然のことではありませんか！」

「尚宇！　お前、なんてことを……！」

悲鳴のような声で秋海が呻《うめ》いた。

「旦那様が生きていらっしゃったら、どれほど嘆かれるか！」

「秋海様、だから私たちのことは死んだとお思いください。関《かか》わるつもりはなかったのです。あなたたちを巻き込みたくはなかった」

「本気なの？　国を復興するだなんて……一体何をするつもり？」

猛虎は口を噤《つぐ》んだ。

「まさか……兵を挙《あ》げて反乱を起こす気ではないでしょうね」

秋海の言葉に雪媛はぎくりとした。

(尹族の反乱ですって？)

柳雪媛が起こした謀反《むほん》によって、尹族は永遠に奴婢《ぬひ》の身分に落とされた。もしやこの猛虎の企《くわだ》てが、十数年後のあの事件に繋がっていくのだろうか。ここで雪媛と手を組み、雪媛は後宮へ入って力を手にし、裏では猛虎の勢力を増強させて——。

(だめよ……そんなの絶対だめ)

止めなければならない。雪媛が後宮へ行かずとも、このままでは尹族の立場が危うくなってしまうかもしれない。

何も言わない猛虎に代わり、尚宇が声を上げた。

「奥様、生き延びた尹族の者たちは皆続々と猛虎殿の下《もと》へ集まっているのです。誰もが一様に、瑞燕国への怨嗟《えんさ》を叫んでおります！　……そして、柳一族は王族でありながら最も早く敵国に下りました。皆、そのことを忘れてはおりません！」

「……私は柳一族の生き残りとして、その責任を負う立場にあります」

猛虎が言った。

「いいえ、決断を下したのは長である旦那様です。あなたは──」

「私はその長の座を引き継ぐはずの身でした。父も戦死し、私はすべてを託されたのです」

ふるふると秋海は首を横に振る。

「すべては旦那様の責任の下に決定されました。あなたが責めを負うなど……」

その時、秋海ははっとして猛虎の顔を覗き込んだ。

「なんて顔色。真っ青じゃないの！　横になって！　痛むのね？」

息を切らして険しい表情を浮かべながら、猛虎は頭を振った。

「私のことはいいのです……すぐにここを、お暇《いとま》します」

「いけません！　──雪媛、丹子に痛み止めを作ってもらってきてちょうだい」

「は、はい」

そう命じられて客間を後にしながら、雪媛は胸がずっとばくばくと音を立てているのを感じていた。反乱、という言葉が頭から離れない。

（止めなきゃ……絶対に……）

あの猛虎という青年を、説得できるだろうか。秋海の言うことすら聞く耳を持たないようだった。

（とにかく、しばらくこの屋敷に足止めして……身動きがとれないようにすれば）

盗賊の正体が尹族の一味だと知られてもまずい。瑞燕国における尹族の立場がより悪くなる。匿い、そして彼らの下に集《つど》ったという者たちも、二度と活動できないように人知れず解散させなくてはならない。

「丹子、痛み止めがほしいの」

厨《くりや》にいた丹子に声をかける。すると丹子は、わかりました、と薬を煎《せん》じ始めた。

「……ねぇ丹子。私って、あの人たちと仲はよかった？」

親しい間柄であったなら、少しは話を聞き入れてくれるだろうか。

そう思い尋ねると、丹子はひどく複雑そうな顔をした。

「本当に……何も覚えておられないのですね」

「じゃあ、親しかったの？」

「猛虎様は、亡き旦那様の異母兄である柳玄国《げんこく》様のご嫡男《ちゃくなん》でございます。玄国様のお母上は身分が低かったので、玄国様は長男であらせられましたが本家を継がれたのは次男である旦那様でした。そういった経緯《いきさつ》もあって、旦那様は玄国様には少し負い目を感じていらっしゃるところがあったように思います。それで、甥《おい》に当たる猛虎様の才能を大層お認めになってからは、よくお屋敷へ呼んでおられました。いずれは自分の跡を継がせるつもりだと……」

「私は一人っ子だものね……」

「尚宇は家令の子で、雪媛様より年長でしたから、幼い頃から雪媛様のお世話をよくしておりました。雪媛様がよく我が儘を言って困らせていたものですよ」

「うちの家令の子だったのに、尚宇は私たちと一緒に来なかったの？　どうして猛虎殿と一緒にいるの？」

「……玄国様は瑞燕国軍が迫る中、旦那様と違って、徹底抗戦を訴えたんですよ。息子である猛虎様も御父上についていき、そして尚宇は自らそれに付き従うことを望んだんです。……血気盛んな年頃ですからね。旦那様のことを逃げ腰だと思ったようで」

　丹子は悲しそうにため息をついた。

「二人とも生きていてくれて何よりでしたよ。……さぁ、こちらをどうぞ」

　湯薬《とうやく》を入れた器《うつわ》の盆を受け取り、雪媛は客間に戻りながら考え込んだ。

（異母兄弟で、長男は跡継ぎになれず、身分の高い母から生まれた次男が跡を継いで……確執があったに違いないわ。猛虎殿は、その長男の子……）

　一筋縄ではいかなさそうだった。

「薬を持ってきました」

客間に入ると、尚宇と猛虎がさっと雪媛を見た。なんだか彼らの視線が先ほどまでとは違う気がして、雪媛は戸惑う。

「ありがとう。猛虎殿に飲ませてあげてちょうだい。私は少し休むわ」

「え……はい」

「尚宇、あなたも休みなさい。昨夜から一睡もしていないでしょう」

「いえ、ですが……」

「いいから、いらっしゃい」

「はい……では猛虎殿、何かあればすぐお呼びください」

二人が退室すると、雪媛は寝台の傍に置かれた椅子に腰を下ろした。

「少し頭を持ち上げますね」

そう言って猛虎の頭の下に手を入れる。もう一方の手で湯薬を掬った匙《さじ》を持ち、口許に近づけてやる。

「少し苦いですが、飲んでください」

「…………」

猛虎は無言で、ひどく乾燥してしまっている唇を僅かに開いた。こくり、と喉《のど》が動くのを確認して、もう一匙口許へと運ぶ。

「……秋海様から、熱病のせいで記憶を失ったと聞いた」

それでさっき部屋へ戻った時に二人の様子が少しおかしかったのか、と納得する。

「ええ……はい」

本当は記憶がないのではなく、そもそも別の人間なのだから、覚えていないのではなく何も知らないのだ。

「秋海様のことも、正国様のことも忘れてしまったというのは本当か？」

「……はい」

「では俺のことなど、覚えているはずもないな……」

自嘲《じちょう》するように笑う。

「すみません……」

「いや、むしろそれでよかったんだ……」

「え……？」

雪媛は首を傾《かし》げたが、猛虎はそれきり何も言わなかった。静かに薬を飲み干すと、目を瞑り「少し眠る」とだけ言われ、雪媛は部屋を出た。

（彼らが盗賊なら、盗品の隠し場所が必要なはず。どこかに根城があるはずだわ。まずはそこを突き止めて……）

雪媛はその夜、猛虎たちの反乱を頓挫《とんざ》させるための方策に考えを巡らせた。

未来を変えるために。

何より、自分を――玉瑛を救うために。

三章

　翌日になっても、猛虎《もうこ》は「すぐに出ていく」と言ってきかなかった。身体を引きずりながら部屋を出ようとするのを秋海《しゅうかい》や尚宇《しょうう》が何度も引き留《と》めたが、頑《かたく》なに首を縦《たて》に振らない。逃げられては困ると焦《あせ》った雪媛《せつえん》は、猛虎に飛びついて必死に懇願《こんがん》した。

「無理をしないでください。せっかく命が助かったのにこのまま出ていかれては、私心配で、どうしたらいいか……どうか、どうか傷が癒《い》えるまではここにいてください！　お願いします！　私、一生懸命お世話させていただきますから！」

　泣き真似までして縋《すが》ると、猛虎は驚いたように目を見開いた。そうして、やがて無言のまま、覚束《おぼつか》ない足取りで寝台へと戻っていった。

　思いのほかおとなしく翻意《ほんい》してくれたので雪媛はほっとしたが、その横で秋海が二人を複雑そうな表情を浮かべて見ていたのが気になった。

　それからというもの、猛虎は出ていくとは口にしなくなった。言われた通りおとなしく横になって休んでいる。ひとまず動きを封じることができ、雪媛は胸を撫で下ろした。

(集めた尹《いん》族の仲間たちはどこにいるのかしら……それを何とか聞き出さないと)

滋養によい煎《せん》じ薬を用意して、猛虎のいる客間へ向かう。思案しながら歩いていると、回廊の向こうからちょうど尚宇がやってくるのが見えた。

「――雪媛様。猛虎殿の薬ですか」

「ええ」

「私が持ちます」

「大丈夫よ」

「いえ、このくらいさせてください」

そう言って盆を雪媛から取り上げると、尚宇は暗い表情を浮かべた。

「……ご迷惑をおかけして、本当に申し訳ございません。私が勝手に判断して猛虎殿をここへ連れてきたのです。怪我《けが》をして動けず、ほかに頼れる場所もなくて……奥様にも雪媛様にも累《るい》が及ぶかもしれないのに」

雪媛より年上だというが、その顔立ちにはまだ少年めいたあどけなさと繊細さが見えた。

雪媛は励ますように笑顔を向ける。

「いいえ。ここへ来てくれてよかったわ。そうでなければ、二人とも捕まっていたかもしれないもの」

(ええ、本当によかったわ。私の手の内に飛び込んできてくれて――)

そのお陰で、先手を打てるかもしれない。

すると尚宇は僅《わず》かに瞳を潤《うる》ませた。

「私は旦那様や奥様に対して不義理を働きましたが、でも……でもずっと心配していたんです。雪媛様が……雪媛様がご無事で、本当に何よりでした……！　もう、お会いすることはないと思っていたんです。でも、こうしてまた元気そうな姿が見られて……本当に……よかった……」

「あなたも無事でよかったわ、尚宇。ただ、ごめんなさい。私記憶が……あなたのことも何も覚えていなくて……」

「奥様から伺《うかが》いました。……本当なんですね」

尚宇は複雑そうな表情を浮かべた。

「あなたとは幼い頃から一緒だったと聞いたわ。私たち、仲が良かった？」

すると尚宇は、気恥ずかしそうにくすりと笑った。

「ええと……そういう話し方をされると、なんだか変な感じですね」

「え？」

「雪媛様はいつだって自由で、誰に対しても強気で、我《わ》が儘《まま》放題で……私にそんな丁寧《ていねい》な態度を取ることなんてなかったのに」

「そう……だった？」

「小さい頃は、雪媛様がうっかり手を放して飛んでいってしまった凧《たこ》を見つけるまで帰ってくるなとか、一番高いところに生《な》っている柿を取りたいから肩車しろとか、いつも雪媛様の気まぐれな命令が矢継《やつ》ぎ早《ばや》に飛んできて、右往左往《うおうさおう》したものです」

懐《なつ》かしそうに目を細め、尚宇は雪媛を見つめた。

「でも、私を家族だと言ってくださいました。大事な家族だと。……両親も私も、柳《りゅう》家に仕《つか》えた日々は幸せでした」

雪媛は思わず尋《たず》ねた。

「それなのに、猛虎殿と一緒に行ったのね。責めるつもりはないけど……どうして？」

すると尚宇は、少し言葉に詰まったようだった。

「祖国を守りたいと思うのは、男として当然のことです。それに……」

言いかけて、少し躊躇《ためら》う様子を見せる。

「あの……雪媛様。私のことなど、忘れても仕方がないと思っています。でも……でも猛虎殿のことを……あの方のことまで、本当に忘れてしまわれたのですか？」

「……？　どういう意味？」

雪媛は首を傾《かし》げた。その様子に尚宇は愕然《がくぜん》とした表情を浮かべた。

「猛虎殿は、雪媛様の許婚《いいなずけ》ではありませんか！」

許婚、という言葉に驚いて、雪媛は目を瞠《みは》った。

「――え？」

「祝言《しゅうげん》も間近でした！　お二人は本当に幸せそうで……そんな時に瑞燕国《ずいえんこく》が進攻してきて、すべてが消え去りました！　私は……私は猛虎殿を守りたかったのです！　雪媛様にとって、最も大切な方を……！」

震える拳を握りしめ、尚宇は歯を食いしばった。

――では俺のことなど、覚えているはずもないな……。

思い返してみれば、そう言った時の猛虎の表情に妙な翳《かげ》りがなかっただろうか。あの時はただの従兄弟《いとこ》のことなど覚えていなくて当然だ、という意味だと思っていたから、なんとも思わなかったけれど。

（あの人が、柳雪媛の……）

「猛虎殿は、柳本家と袂《たもと》を分かってからというもの、雪媛様のことを頑《かたく》なに口にされませんでした。でも、ずっと心の中では会いたいと思っていらっしゃったに違いないのです！　それが……それなのに……」

「……ごめんなさい、私、本当に何も覚えていなくて」

そう言うしかなかった。

「申し訳ございません、決して雪媛様を責めているわけでは」

尚宇は悔しそうに涙を拭《ぬぐ》う。

「……しかし雪媛様、あの話……後宮《こうきゅう》に入るというのは本当なのですか？　瑞燕国皇帝は、我らが祖国の敵なのですよ？　それなのに、どうして……！」

（そうよね……雪媛にとって瑞燕国は、国を奪われて許婚まで殺された憎い敵国のはず。復讐のためだったとしても、その皇帝の妃《きさき》になろうなんてよく思えたものだわ……）

本物の柳雪媛は猛虎が死んだと思っていた。だから後宮入りも承諾《しょうだく》したのだろうが、彼が生きていたとわかればどうしたか。

「……その、私も、行きたくないと拒否しているところなのよ」

「本当ですか？」

尚宇が険《けわ》しい表情を少し緩《ゆる》める。

「お母様もわかってくださったわ。病《やまい》と偽《いつわ》ってなんとか引き延ばしているみたい。でも……原許《げんきょ》殿はどうしても私を後宮へ入れると」

「原許殿……今はあの方が一族の長を名乗っていらっしゃるんですね」

「ええ」

「ですが猛虎殿が戻った以上、柳一族の長は猛虎殿であるべきです。旦那様はご自身の跡継ぎとして、猛虎殿を雪媛様の婿《むこ》に迎えられるつもりだったのですから。猛虎殿は決して、雪媛様を敵の後宮に入れることなど許さないはず」

「だけど、猛虎殿は戦《いくさ》をするつもりなんでしょう？　原許殿や他の一族の皆が、それを知ったらどう思うか……」

「我らの下《もと》に集まった者たちは皆、猛虎殿についていく覚悟を決めているのです。あの方こそ、尹族にとって真の指導者です」

「……どれくらいの人が集まっているの？」

さりげなく問いかける。数を把握したい。どこに潜伏しているのかも。

「それは――申し上げれらません」

「尚宇、私もあなたたちと同じ気持ちなのよ。故国を取り戻したいと思っている。――私も、その仲間たちに会いたい」

尚宇はぎょっとした。

「雪媛様？」

雪媛は、盆を持つ尚宇の手に自《みずか》らの手を重ねた。

「後宮へなんて行きたくないのよ。でもここにいれば、いずれは無理やり連れていかれるかもしれない。どこかに、あなたたちの隠れ家があるの？　それなら、そこへ私も連れていって！」

尚宇は握られた手に視線を落とすと僅かに頬を赤らめ、逡巡《しゅんじゅん》するように目線を逸《そ》らした。

「……だ、だめです。雪媛様を巻き込むなど」

「これは私の問題でもあるのよ、尚宇！　どうか助けて」

「雪媛様……」

瞳を潤ませて懇願する雪媛に、尚宇も強く拒否できないようだった。

しかしやがて、意を決したように雪媛の手をほどく。

「……すみません。ですが、それはできません」

「尚宇！」

「お許しください！」

そう言って、逃れるように足早に猛虎のいる客間へと去っていく。

尚宇の背中を見送りながら、雪媛はため息をついた。

(やっぱり、そう簡単にはいかないわよね……)


猛虎の看護は主《おも》に雪媛の役目になった。引き留める際に自らそう言いだしたというのもあるし、恐らく秋海も、かつての許婚同士を二人にしてやりたいと思ったのだろう、と今ならわかる。

そうは言っても、今の雪媛にとって猛虎はよく知らない男性で、許婚と言われても困ってしまう。

(それでも、彼が雪媛をまだ愛しているなら、私の言葉が力を持つかもしれない……)

秋海たちが何度頼んでも頑なだったのに、ここで養生《ようじょう》してほしいと雪媛が必死に懇願すると心変わりしてくれた。不思議に思っていたが、二人が特別な関係であったというなら納得がいく。彼に対して、雪媛は影響力があるのだ。

「お母様、訊《き》きたいことがあるの」

就寝前に部屋を訪ねると、秋海は髪を梳《す》いているところだった。

「なあに？」

「猛虎殿は、私と結婚するはずだった人なの？」

秋海は驚いて手を止めた。

「……誰が言ったの？」

「尚宇から聞いたの」

「ああ……あの子ったら……」

悩ましげに額《ひたい》に手を当てる。

「どうして教えてくれなかったの」

ため息をついて、秋海は櫛《くし》を置く。

「知ることが、お前にとっていいことだと思えなかったわ。存在すら忘れていたのに彼のことを思い出せば、辛《つら》いだけだと……。彼が死んだと伝え聞いた時のお前の顔を、忘れられないのよ。ずっと泣き続けて……見ていられなかった」

「でも、生きていたのよ」

「生きていたことは嬉しいわ。でも今の彼と出会えて、お前が幸せになれるとは思えない。彼はこの国に——弓を引こうとしているのよ、命を懸《か》けて」

「お母様……」

「雪媛、猛虎殿の記憶が戻ったの？」

「いいえ？　何も覚えていないわ」

「では、許婚だと知って、気持ちが揺らいだ？」

「いいえ。知らない人だもの」

「そう……」

秋海は安堵《あんど》したように肩の力を抜いた。

「猛虎殿にとっては酷な言い方でしょうけど、これでよかったのかもしれないわ」

「私、以前は猛虎殿とどんなふうに接していた？」

すると秋海は悲しそうな表情を浮かべ、首を横に振った。

「何も知らないほうがいいわ、雪媛」


朝日が照らす回廊を潜《くぐ》り抜け、音を立てないようゆっくり扉を開けて、忍び足で部屋に入り込む。猛虎を起こさないように。

水を張った盆を脇に置き、寝台を覗《のぞ》き込む。

眠っている猛虎は、起きている時より眉が下がって子どもっぽく見える。

顔立ちは上品に整っている、と思う。雪媛の従兄弟だから家柄もいい。しかし、顔がよく家柄のいい男性には苦い経験がある。それだけですでに、猛虎にあまりいい感情を持てていない。

（私は本当の雪媛じゃないもの。心配しなくても、恋心が再燃するなんてことはない……）

しかしまさか秋海にそうは言えず、昨夜は何の情報も引き出せなかった。

（昔の二人のことが知りたかったのに。何かこの人の心に響くような話ができたら……。尚宇にもう一度訊いてみようかしら。丹子《たんし》も何か知っているはず……）

そんなことを考えていると、ぱっと猛虎の目が開いた。雪媛は驚いて、慌《あわ》てて仰《の》け反《ぞ》った。

「……あ、あの、おはようございます」

「…………」

「え、ええと、洗顔用の水を持ってきました。起き上がれますか？」

「ああ――」

上半身を起こそうとして、痛そうに顔をしかめる。雪媛はそっと背中を支えた。

寝台に腰かけたまま顔を洗う猛虎の様子を見守り、布巾《ふきん》を差し出す。手を伸ばしかけた猛虎は、何も言わずじっと雪媛を見上げた。

「……？　あの……」

すると猛虎はふっと笑って布巾を手に取り、顔を拭《ふ》いた。

「な、なんですか？」

「いや……」

なんなのだろう、と思いながらも使い終わった布巾を受け取り、肩に羽織をかけてやる。

「朝餉《あさげ》を持ってきますね。食べられそうですか？」

そうする間も、口許《くちもと》に僅かに笑みを湛《たた》えながらじっとこちらを見つめてくる視線が気になり、雪媛は居心地が悪くなった。

「あの……何か？」

「こんなにしおらしく甲斐甲斐《かいがい》しいお前を見るのは初めてだ」

本物の雪媛は、どうやら今の自分とは似ても似つかないらしい。

「尚宇にも言われました。変な感じがすると」

「そうだろうなぁ」

愉快《ゆかい》そうにくつくつと笑う。

「……尚宇に聞いたんだって？」

許婚だったことを言っているのだろう。

「あ……はい」

「あいつの言ったことは、嘘だよ」

「え？」

雪媛はぽかんとして目を瞬《しばた》かせた。

「許婚だったのは事実だけど、正国《せいこく》様とうちの父が決めた婚姻だ。俺たちの意志でどうこうなったわけじゃない。お前は俺が相手で不満そうだった」

「………」

「会う度《たび》に俺をこき下ろしてたよ。名前負けの男だとか、自分には相応《ふさわ》しくないとか」

「名前負け……？」

するとと猛虎は無造作に髪を掻き上げながら、ああ、と気づいたように声を上げた。

「それも覚えてないんだな。……俺は生まれた時は虚弱児で、健康に育つようにと願いを込めて猛虎なんて強そうな名前をつけられたんだ。そのお陰かは知らないが健康に育ったけど……武芸はそこそこで荒事は苦手だ。人と争うのも嫌いだったし、お前からすると軟弱に見えたんだろう。名前に負けてる情けない男だとよく詰《なじ》られたよ。――逆に、お前は昔からお転婆《てんば》で、動き回るのが好きで……特に、馬に乗れば誰より巧《たく》みに操った。早駆けで俺を負かした時なんて、勝ち誇りながら散々罵詈雑言《ばりぞうごん》を浴びせてきたな」

そう言って猛虎は苦笑する。

「……覚えていません」

「だから変に気負わなくていい。俺はお前にとってただの従兄弟だ。昔も今もな」

雪媛は少し混乱した。

「……あなたは？」

「え？」

「あなたも不満だったんですか？　私と、結婚すること……」

すると猛虎は、自嘲《じちょう》するように口の端《は》を吊り上げた。

「俺は婿入りする立場で、一族の長の座が約束されてた。父は一族の中では日陰者だったから、俺が本家の長になることをとても喜んでいたし——俺もこれは、いい縁談話だと思ってたよ」


（どちらが本当なのかしら……）

尚宇も秋海も二人は愛し合っていたと思っているようなのに、当の本人は違うと言う。傍《はた》から見れば仲睦《むつ》まじく見えても、実際二人がどう思っていたかは、本人たちにしかわからないかもしれない。

「ねぇ丹子。私、猛虎殿を詰ったり、悪口を言ったりしたことあったかしら？」

井戸端で水仕事をしている丹子をつかまえて尋ねると、丹子は思い出すように苦笑した。

「ああー、よく突っかかってらっしゃいましたねぇ。顔を合わせれば、名前負けの男だとか、あんたなんか虎じゃなく猫だとか……」

（本当なんだ……よくもそんな失礼なことを言ったものだわ）

柳雪媛という女はやはり、思っていた通りの傲慢《ごうまん》で居丈高《いたけだか》な人間だったらしい。

「猛虎殿は？　私に対してどんなふうだった？」

「あの方は本当に穏やかな方で。昔から怒ったりしたところを一度も見たことがありませんよ。雪媛様のことも、笑ってやり過ごしてらっしゃいました。そういう度量の大きさを、旦那様もお認めになって」

「そう……」

「幼い頃から落ち着いてらして、なんでもそつなくこなす方でしたけど、特に薬学に関しては大変博識でらっしゃいましたねぇ。ただちょっとのめり込み過ぎるところがおありで……よく尚宇が実験台になってましたねぇ」

「実験台？」

「薬の効能を知るために、尚宇に薬を飲ませたりしてたんですよ。劇薬と言われるものも試すものだから、さすがに旦那様も心配したんですけどね。……そうそう、それも確か、もとはと言えば雪媛様が原因でした。実験が必要なら自分が薬を飲む、と雪媛様が面白がって言いだすものだから、とんでもないと尚宇が『自分が代わりにやる』と申し出て……」

雪媛は呆《あき》れ返った。

（な、なんて人たちなの……使用人に危険な薬を飲ませて実験していたなんて！　家族だと思ってたなんて、嘘じゃないの？）

「一度、薬を飲んだ尚宇の身体がしびれて動かなくなってしまって。あの時は雪媛様も驚いて泣いてましたねぇ。結局、猛虎殿が別の薬を処方して事なきを得たのですけど……三人とも安心して、泣きながら大笑いしてました」

「尚宇はよくそんな人についていったわね」

「私も、当時尚宇に訊いたことがありました。辛いなら旦那様にお願いして、なんとかしてもらうこともできるのよって。そしたらあの子、目を輝かせて、楽しいんだと言ってました。……仲がよかったのですよ、本当にね。使用人というよりは、親しい友人のようでした。薬のことも、信頼関係があった上で成り立っていることだったんでしょう」

ふふふ、と微笑ましそうに丹子は言った。

雪媛は丹子に礼を言い、その場を後にした。ため息をつき、頭を抱《かか》える。

（よくわからなくなってきたわ……）

どうすれば、彼らを止めることができるのだろうか。

た。

（柳雪媛なら……どうしたんだろう）

その時、ふっと人影が視界の端をよぎった。

尚宇だ。声をかけようとしたが、雪媛は躊躇《ためら》った。尚宇はどこか緊張した面持《おもも》ちで屋敷の裏手に向かっていく。雪媛には気づいていないようで、そのまま使用人の通用門へと出た。

曲がり角に差し掛かると、きょろきょろと周囲を見回し、人のいないことを確認するそぶりを見せた。雪媛は慌てて物陰に身を潜《ひそ》める。

通用門の小さな扉の向こうに、尚宇の姿がぱっと消えた。雪媛は駆けだして扉に飛びつく。開けて外を覗くと、尚宇が細い道の角を曲がるのが見えた。この屋敷からは当分出ないようにと秋海が言い聞かせていたというのに。

（どこへ行く気かしら。あんなにこそこそと……）

もしかすると、隠れ家に向かうつもりではないだろうか。

そう思った瞬間雪媛は飛び出した。行きかう人の中に紛《まぎ》れた尚宇の後ろ姿が垣間《かいま》見える。

雪媛は気づかれないよう、尚宇との間に一定の間隔を保ちつつ後をついていった。何げない足取りで進んでいく尚宇は、一見するとちょっと散歩に出たとでもいう風情《ふぜい》だった。

（猛虎殿が動けないから、代わりにどこかへ連絡するつもりかも……）

雪媛はその背中を追いかけながらも、注意深く周囲に目を配った。道を覚えておかなくてはならない。

都は碁盤《ごばん》の目状に道が造られているとは聞いていたが、本当にどこまでも真《ま》っ直《す》ぐに道が続いている様は壮観だった。いくつもの十字路を通り過ぎていく。祭りでもあるのかと思うほどの人の多さにも目を瞠る。

突然、尚宇が角を曲がった。

見失わないよう慌てて同じ角を曲がる。が、そこに尚宇の姿がない。

「……あれ？」

雪媛は慌てて周囲を見回した。

（見失った……？　どこへ……）

諦《あきら》めきれずうろうろと歩き回るが、もうどこにもそれらしい人影は見当たらなかった。

「そんな……」

「――おい」

背後から唐突に声をかけられ、びくりとした。

振り返ると男が三人、雪媛に剣呑《けんのん》な目を向けていた。

「あんた、尹族だろ？」

「……え？」

雪媛は身構えた。玉瑛《ぎょくえい》であった頃、尹族というだけで蔑視《べっし》された記憶が蘇《よみがえ》る。

しかしすぐに、恐れる理由はないのだ、と気づいた。あんな差別はこの時代にはまだ生まれていない。

「そう、ですけど……」

「ほらな、前に見たんだよ、あの屋敷に入ってくところ。あそこの娘に違いない」

真ん中の痩《や》せぎすの男がそう言って、顎《あご》をしゃくった。

「ああ、どうりでいい衣《ころも》着てやがる。すっかり貴族気どりだな」

「余所者《よそもの》が、でかい面《つら》して歩きやがって」

(……何?)

不穏な空気を感じ取り、雪媛は後退《あとじさ》った。しかし途端に腕を摑《つか》まれる。

振りほどこうとしたが、男の力のほうが強かった。ぐいと引っ張られて、雪媛は青ざめた。

「あ、あの、放してくださ……」

ずるずると人気《ひとけ》のない道のほうへ引きずられていく。怖くなり、雪媛は震えた。

(何、なんで、どうして……)

「――この国の礼儀を教えてやらないとな」

そう言って笑う男たちの目が、自分の身体を舐《な》めるように見ていることに気づく。

ぞっとした。

逃げなければならない。そうでなければ、何をされるかわからない。

雪媛は意を決して、腕を摑んだ男に渾身《こんしん》の力で体当たりを食らわせた。一瞬手が緩《ゆる》み、その隙《すき》にぱっと男から逃れる。震えそうになる足を叱咤《しった》し、脱兎《だっと》のごとく逃げ出した。

「――この！」

「待て！」

男たちが追いかけてくるのがわかった。雪媛は無我夢中で人通りのある道に戻り、荷車の間をすり抜け、市場《いちば》に入り込む。人混みに紛れながら振り返ると、激高した様子の男たちがまだ追いかけてくる。こちらを指さすのが見えた。雪媛は必死で、前を向いて走った。

そこからはもう、どこをどう走ったのかよくわからなかった。いくつもの角を曲がり路地を抜け、なんとか彼らを撒《ま》こうと必死になって駆けた。

奥まった道を抜けた途端、ぱっと視界が開けて光が差し込み思わず目を眇《すが》めた。

道の先は川にぶつかっていた。物資の運搬に使われているのだろう、川幅は狭く流れは緩やかだ。

「――いたぞ！」

後ろから声がする。雪媛は慌てて川沿いに逃げようとしたが、足がもつれた。

「あっ……」

気づいた時には堤《つつみ》から転がり落ちていた。ごろごろと斜面を転がり、ようやく止まる。

慌てて身体を起こす。

　川べりに座っていた青年と目が合った。手には釣り竿《ざお》。その脇には桶《おけ》が置かれている。青年は突然転がり落ちてきた雪媛に驚いている。

「どっちへ行った！」

　男たちの声が聞こえてきて、ぎくりとして身を縮める。隠れられる場所がないだろうかときょろきょろとあたりを見回した。

（どうしよう、どうしよう……）

　すると釣りをしていた青年が、何も言わず手招きをしていることに気づいた。

　青年は彼の背後の木の根元付近を指さす。そのあたりには背の高い葦《あし》が群生していた。

（え？）

　隠れろ、ということだろうか。

　雪媛は逡巡《しゅんじゅん》した。

　しかし男たちの声が近づいてくるのが聞こえると慌ててその木の背後に飛び込み、身体を小さくして身を潜めた。

「――おい、そこのあんた」

　男が青年に呼びかけるのが聞こえた。

「若い娘がこっちへ走ってこなかったか。身なりのいい尹族の女だ」

「……ああ。あっちへ行きましたよ」

するると男たちの足音がばたばたと響いた。

それはやがて遠ざかっていく。聞こえてくるのは、川の水音と、鳥の鳴き声、どこかの船頭の掛け声。

雪媛は地面に這うように身を縮めながら、じっと息を殺した。

(どこかへ行って……もう戻ってこないで……)

そうしている時間は、恐ろしいほど長く思えた。

「………もう出てきて大丈夫だよ」

声がしたので、雪媛はひくりと身震いした。

恐る恐る、葦の合間から僅かに顔を出す。用心深く周囲を警戒するが、あの男たちの影はどこにもなかった。あるのは、のんびりとした風情で釣りをしている青年の姿だけだ。

「向こうへ走っていったから、反対の道を行きなさい」

こっち、と指さすと、青年は何事もなかったかのように釣り竿に視線を戻した。

「……あ、ありがとう、ございます」

「あまり一人で出歩かないほうがいい。都には、異民族によい感情を持ってない者も多い」

雪媛を見ることもなく、静かに青年は言った。

「…………はい」

衣服についた土を払い、雪媛はゆっくり立ち上がった。

青年に向かってぺこりと頭を下げると、言われた通り男たちが向かったのとは反対方向に歩き始めた。

振り返ると、青年は魚がかかったのか、慌てて竿を引いている。

歩いているだけでこんな目に遭《あ》うとは思わなかった。

（……この時代でも、尹族の立場は微妙なものなんだ）

雪媛は肩を落とし、重い足取りで屋敷へと戻る道を探した。


朱江良《しゅこうりょう》は釣った魚を針から外すと、水を張った桶の中に放った。

空を見上げ、日が暮れ始めたのを確認するとのそりと立ち上がり、竿と桶を手にぶらぶらと歩き始める。

ふと、先ほどの少女は無事に家に帰れただろうか、と彼女が去っていった方角に視線を向けた。

（ああいう輩《やから》はどこにでもいるものだ。あの子はこれからも苦労するだろう……）

朱家の屋敷までもう少しというところで、江良は慣れ親しんだ人影を発見した。小難しい顔をして道の真ん中に佇《たたず》んでいる。

「──青嘉《せいか》」

年少の従兄弟に声をかけると、王《おう》青嘉はぱっと振り返った。

「江良」

「何してるんだ？」

「家に帰るところだ」

それを聞いて事情を察した江良は、やれやれとため息をつく。

「また迷ってるのか」

十三歳になるこの従兄弟は、幼い頃から極度の方向音痴である。自邸に戻ることすら、こんなふうに危うい時があった。最近では父親譲りの武辺振りを見せて、やがては戦場で活躍するだろうと期待されているのだが、これでは先が思いやられる。

すると青嘉は大真面目《おおまじめ》に言った。

「いや、どうやらこのあたりで区画整理でもあったようだ。道が変わっている！」

「変わってないよ」

「いいや、この角を曲がればうちのはずなのに……」

「あー、もういいからついてきて！」

そう言って青嘉の頭をぽんと叩く。

不服そうな青嘉を引き連れ、王家の屋敷まで案内してやる。

「また釣りか？　魚嫌いなくせに」

「いいんだよ、姉さんたちが食べるから」

青嘉は幼さの残る顔で首を傾げた。

「最近釣りばかりしてるな。勉強はいいのか？　科挙《かきょ》を受けるんだろ」

「息抜きさ。勉強ばかりでは息が詰まる」

「ふうん。俺は釣りのほうが息が詰まるな。あんなふうにじっとしているばかりなのは性《しょう》に合わない」

「釣りをしていると落ち着くんだよ。考えもまとまりやすい」

「それでは体がなまるばかりじゃないか。江良ももっと鍛えたほうがいいぞ。いつまでも剣も弓も苦手では、何かあった時どうする」

「……うるさいな。苦手なわけじゃない。ただ、剣が俺の手にはちょっと重いだけだ。

──それに今日は、座っているだけで人助けまでした」

「は？」

「そら、着いたぞ」

王家の門が見えてきた。

青嘉が手を振ってその中へ駆け込んでいくのを確認すると、江良はゆっくりと家路《いえじ》についた。

四章

それは十三の時、柳《りゅう》本家に頻繁《ひんぱん》に出入りするようになってしばらく経《た》った頃だった。

猛虎《もうこ》は、その視線に気づいた。振り返るといつも、小さな影がさっと物陰に隠れてしまう。

猛虎の父は正国《せいこく》に対して、昔から複雑な感情を抱《かか》えているようだった。だからだろうか、本家とはあまり交流がなかったし、猛虎も叔父《おじ》と顔を合わせることは数えるほどだった。それでも猛虎の目には、正国は無口だが、父に対して弟としての礼を尽くす誠実な人だという印象があった。

その正国が折に触れて猛虎を自邸に呼んでは、珍しい本を見せてくれたり、囲碁《いご》の相手をさせたりするようになった。叔父が自分を品定めしているのだ、ということは猛虎にもわかった。

父はいつも、猛虎に言い聞かせた。

「父の無念をお前が晴らしてくれ。お前が本家を継ぐんだ。お前ならできる」

柳本家に呼ばれる度《たび》、ひどく喉《のど》が渇《かわ》いた。門の前に辿《たど》り着くと、足が震えた。自分が一族を率いるような器《うつわ》とは思えなかったし、きっと正国もそのうち、猛虎が名前にそぐわない弱くて凡庸《ぼんよう》な人間であることに気づくだろう。

それでも正国の前ではそんなことはおくびにも出さないようにした。父を失望させたくなかったから。

「痛……」

緊張のあまり、本家に行く日には酷《ひど》い腹痛に襲われるようになった。向かう道すがら、人気《ひとけ》のない場所でよく蹲《うずくま》って腹を抱《かか》えることが増えた。

正国の部屋を出て、それでようやく息をつける。そうするうち、物陰から密《ひそ》やかな視線を感じるようになったのだ。

ぱっとそちらを見ると、幼い少女が慌《あわ》てて身を隠す。毎度、その繰り返しだった。

それが誰であるかはわかっている。正国の娘の雪媛《せつえん》だ。一族の集まりで時折顔を合わすことはあったが、挨拶《あいさつ》をする程度でほとんど話したことはない。九歳になる従姉妹《いとこ》は、そうした場で猛虎を見るとつんと顔を背《そむ》けるのだった。本家の大事な一人娘は、分家の従兄《いとこ》弟と口を利《き》こうという気はないらしかった。

ある時、正国が狩りに行こうと誘ってくれた。元は草原を駆ける騎馬民族だった尹《いん》族にとって、いかに馬を巧《たく》みに操り騎射《きしゃ》がどれほど上手《うま》いかが、その人物の評価に直結する。

猛虎は本家の厩《うまや》で準備をしながら、また腹痛に襲われた。馬の扱いも弓の腕も特別優れてはおらず、人並みだ。その程度か、と呆《あき》れられないだろうか。

「う……」

思わず馬の横で、小さくなって蹲る。額《ひたい》には冷たい汗が浮かんだ。

(早く行かないと……正国様が待ってる……)

家を出る前に腹痛に効能のある薬は飲んだ。それなのに、全然効かない。

するとそこに、小さな影がひょいと現れた。雪媛が軽やかな足取りで厩に入ってきたのだ。

蹲っている猛虎に気づいた雪媛はびっくりして足を止め、硬直したように動かなくなった。青白い顔で腹を抱えていた猛虎は、絶望的な気分になった。

(ああ、こんなみっともないところを見られた……)

彼女はきっと、従兄弟の情けない姿を父親に告げるだろう。そして正国は失望する。

父は何と言うだろうか。

すると雪媛はさっと胸を反《そ》らし、両手を腰に当てた。

「あんたって、本当名前負けね」

幼い従姉妹は侮蔑《ぶべつ》するように猛虎を見下ろす。

「いっつもお父様の前に出るまでびくびく青白い顔して。情けなーい」

その通りなので、何も言い返せない。

猛虎は苦笑いを浮かべた。

雪媛はぎゅっと唇を引き結ぶと、不機嫌そうに腕を振って厩を出ていく。

その姿を見送ってから、猛虎はふらふらと立ち上がり馬の手綱《たづな》を引いて正国の待つ門前へと向かった。

その日、なんとか狩りをこなした猛虎だったが、仕留《しと》めた獲物《えもの》は小さな兎《うさぎ》が一羽だけ。夜になればきっと雪媛は正国に厩でのことを話す。これで終わりだろう、と思った。

数日後、猛虎は正国に呼び出され本家の門を潜《くぐ》った。

そこで正国は、猛虎を自分の跡継ぎとするつもりであること、雪媛と婚約させることを決めたと語った。猛虎は話がよく呑み込めなかった。

「……私はその器ではないと思います」

正直にそう言うと、正国は微笑した。

「これから時間はある。多くを学んでほしい」

「あの……雪媛は私のことを、何か言っていませんでしたか」

「そなたとの婚約については、雪媛も承知している」

「いえ、そうではなく……」

正国が怪訝《けげん》そうな顔をしたので、猛虎は口を噤《つぐ》んだ。では雪媛は、何も言わなかったのだろうか。

「あの子が十六歳になったら婚礼を挙げるつもりだ。ひとまず結納《ゆいのう》は済まそう」

ぼんやりした気分でその場を辞すと、猛虎は大きく息をついた。

父はさぞ喜ぶだろう。しかし。

（ああ、お腹《なか》が痛い……）

考えるだけで気が重い。自分がこの柳一族を率いていくなんて。

回廊の柱に寄りかかり、ずるずると座り込む。

落ち着こうとゆっくり深呼吸して顔を上げると、また小さな影がさっと身を隠すのが見えた。

「……雪媛？」

猛虎は立ち上がると、重い足取りで影が消えた建物の陰に回り込む。

追ってきた猛虎に驚いた雪媛は思いがけなかったのか、かっと頬を赤くした。

「…………っ」

口をぱくぱくさせている。

「えーと、君にもあとで挨拶しようと思ってたんだ。この間のこと……」

「――は、話しかけないでよっ！」

雪媛は叫ぶように言い放って、背を向けて駆けていってしまった。

（いっつも、か……）

物陰からこっそりと自分を見ている少女の、その視線の意味がわからないほど、猛虎は鈍《にぶ》くはないつもりだった。

結納の席でも、雪媛は相変わらず猛虎とは目も合わせようとしなかった。

「猛虎殿は本当にいつも落ち着いていて、ご立派ね」

正国の妻、秋海《しゅうかい》はそう言って微笑んだ。それを聞いて、この日も緊張で腹痛に襲われていた猛虎は、人前ではなんとか取り繕《つくろ》えているのだなとほっとした。

薬学に興味を持ったのは、この緊張癖《へき》をどうにかできる薬はないかと考えたことがきっかけだった。正式に正国の後継者となり柳一族の書庫に自由に出入りできるようになると、猛虎はそこに豊富な知識が蓄積されていることを知った。独特な薬剤の調合法、他に類を見ないような効能、それはどれも興味深く猛虎の心を捉《とら》えた。

心を静める薬をいくつも調合して、自分で試してみた。一族の重鎮《じゅうちん》たちが集まる会合に呼ばれた時などは特にそうした薬に頼った。だがどれも、気休めにしか思えなかった。

「あんたっていつもここにいるのね」

ある時書庫で本に埋もれていると、雪媛がやってきて相変わらずつんけんとした口調で言った。

「こんな暗くて埃《ほこり》っぽいところが好きなんて、どうかしてるわ。またお腹が痛くて丸まってるの？」

「……いや、今は大丈夫だよ」

許婚《いいなずけ》となってから、雪媛は陰からこっそりこちらを窺《うかが》うのはやめたようだった。その代わり、何かと猛虎に突っかかってくる。

猛虎の手から書物を取り上げ、しげしげと眺める。

「なにこれ？　全然面白くなさそう」

「面白いよ。尹族が長年研究してきた薬学の知識は他の国にはない貴重なものだ」

「ふーん」

興味がなさそうに雪媛は生返事する。

「ほら、この迷魂散《めいこんさん》なんて、人を仮死状態にして数日後息を吹き返させることができるんだって」

「……仮死状態？」

雪媛の瞳が少し輝いた。

「なにそれ」

「死んだように見えるんだけど、死んでないってこと」

「そんなことできるの？」

「そう書いてある。……試すこともできないから本当かわからないけど」

「試したらいいじゃない」

「だめだよ、万が一本当に死んでしまったらどうするんだ。そんな薬、試しに飲む人間いないよ」

「動物は？」

「試すことはできるけど……必ずしも人と同じ結果が出るとは限らない」

「自分で飲めば？」

「…………」

「臆病者。本当、情けない男ね」

「慎重なんだよ」

「じゃ、私が飲む」

「……絶対だめ」

「どうして？」

「大事な許婚殿を死なせたくないよ」

雪媛は瞠目《どうもく》し、そしてぱっと顔を背けた。耳朶《みみたぶ》が赤くなっているのがわかる。

「——私、誰より馬で速く駆けることができるのよ。お父様も、私が一番だって褒《ほ》めてくださるの。あんた、私に勝てる?」

「どうかな」

「勝負しましょうよ。私が勝ったら、あんたは私の言うことを何でも聞くの。どう?」

「いいよ」

そんなことをしなくても、雪媛の言うことなら大抵のことは聞いてあげるのに、と猛虎は思った。

結局、勝負は猛虎の惨敗だった。

どうしても薬の実験台になると言って聞かない雪媛は、使用人の尚宇《しょうう》という少年を連れてきた。

「私の代わりに、尚宇が薬を飲むわ」

「――よろしくお願いします」

ぺこりと頭を下げたひょろりとした少年は、雪媛のいないところでこっそり猛虎に耳打ちした。

「雪媛様は、なんでもいいから猛虎殿のお力になりたいんですよ。だから実験台になるだなんて言い張って……気持ちを素直に言えない方なんです」

「ああ……わかってるよ」

猛虎は薬剤を用意しながら苦笑した。

「でも尚宇、いくつか本当に君で試してもいい？」

　雪媛が十五歳になると、一年後に控えた婚礼の話は現実味を帯びてきた。その頃になると、いつも何かとまとわりついてきた雪媛があまり姿を見せなくなった。ある時猛虎は尚宇に、彼女はどうしているのか、と尋ねた。

「奥様が妻としての心得を叩き込んでいるんですよ。それに、嫁入り道具の準備やら、婚礼衣装の用意やら、とにかくやることはたくさんあります。雪媛様はじっとしていなきゃいけないことが多くて、ひどく不満そうですよ」

「そうか」

　容易にそのふくれっ面《つら》が想像できたので、猛虎はくすりと笑った。

「でも一番不満なのは、猛虎殿に会えないことなんですよ」

　尚宇がからかうように言った。

「許婚とはいえまだ結婚前なのだから慎《つつし》みを持て、とご両親に言われてしまって」

「正国様や秋海様に顔向けできないようなことは何もしていないぞ」

　むしろいまだ、雪媛は子どもの頃のように猛虎に対しては天邪鬼《あまのじゃく》で、夫婦になる男女としての甘い雰囲気など微塵《みじん》もない。

ただ、猛虎や尚宇以外の相手に余所《よそ》行きの顔を向ける雪媛は、器量よしで気立てのよい娘だと専《もっぱ》らの噂《うわさ》だった。実際、一族の集まりなどで着飾り澄ましている雪媛はしとやかで誰の目にも好ましい令嬢に思える。猛虎はよく、お前が羨《うらや》ましいと同年代の青年たちにからかわれていた。

「たまには雪媛様のところにも足を運んでください。お屋敷にいらしても、旦那様のお部屋へ直行してそのまま帰っていかれるんですから。雪媛様、ちょっといじけてますよ」

「……そうだな」

考えてみれば、猛虎が自《みずか》ら雪媛に会いに行くことは滅多《めった》になかった。いつも雪媛のほうが先に猛虎を見つけるからだ。

猛虎は翌日、柳本家を訪ねた。正国と秋海は外出の予定がある、と事前に尚宇から情報を仕入れている。

「読みたい本があるんだ。書庫を借りるよ」

使用人にはそう言って、さりげなく雪媛の部屋へと向かった。

中庭の百日紅《さるすべり》が風に揺れている。その向こうで、窓がひとつ開いていた。眉を寄せたしかめ面の雪媛が垣間《かいま》見える。文机《ふづくえ》に向かい、筆を動かしているらしい。

懐《ふところ》から包みを取り出すと、猛虎は窓の中めがけて放り投げた。

驚いて、雪媛が顔を上げる。

部屋に飛び込んできた包みを取り上げ、雪媛が窓から身を乗り出した。

「猛虎？」

艶《つや》やかな黒髪が風に揺れた。

なんだかひどく眩《まぶ》しい気がして、猛虎は思わず目を眇《すが》める。幼かった白い面《おもて》はいつの間にか大層大人びてきて、婚礼を挙げる頃には更に美しくなっているに違いない。

「何してるの？」

「根《こん》を詰めているって聞いたから。差し入れだよ」

開けてみて、と動作で示す。雪媛は眉を寄せ、包みを開いた。入っていたのは牛軋糖《ニユウガータン》だ。

「お父様は今日はお出かけよ」

「うん、知ってる。だから君に会いに来た」

そう言うと雪媛は目をぱちぱちさせ、さっと頬を赤らめた。

「ふうん」

そっけなく言って視線を逸《そ》らすと、少し唇を尖《とが》らせる。そうして、包みからひとつ牛軋糖を取り出すと口へ運んだ。

猛虎はひょいと窓辺に腰を下ろした。雪媛は写本をしているらしかった。

「机に向かっているなんて珍しいね」

「お母様から、『女人心得《にょにんこころえ》』を全部書き写して覚えろと言われたのよ。もううんざり」

そう言って雪媛はため息をつき、机の上に広げていた書物を閉じた。

「妻は夫に従い、子を育《はぐく》んで家を盛り立てろ……要約するとそういうことよ。見て、この分厚さ。よくこんな長々と、言葉を変えて同じことを語れるものだわ」

「それでもちゃんとやってるんだね。偉い偉い」

雪媛の頭をぽんぽんと叩くと、むっとした顔をされた。

「子どもじゃないのよ」

「俺に嫁《とつ》ぐために頑張ってくれてるんだろ。労《ねぎら》わないと」

「……別に、あんたのためじゃないわよ。柳本家の女の、務めとして……っ」

雪媛は顔を赤くして口ごもった。

「自意識過剰《かじょう》なんじゃない⁉」

そして誤魔化すように、牛軋糖をもう一口齧《かじ》る。

「雪媛、昔、俺の薬を試しに飲むと言って聞かなかったの覚えてる？」

「ええ。だめだって言われたけどね！」

「――その牛軋糖に、実はある薬を混ぜておいたんだけど」

その言葉に雪媛は目を丸くして、食べかけの菓子を見下ろした。

「薬？　何の？」

「惚《ほ》れ薬」

猛虎は何の悪意もなさそうに軽く微笑んだ。

雪媛はぽかんとしている。

「……は？」

「そろそろ効いてきたんじゃないかな。どう、ぼうっとするだろう？」

入れたのはただの酒だった。尹族の膨大《ぼうだい》な知識を繙《ひもと》いても、媚薬《びやく》はあれども惚れ薬は存在しない。しかし、雪媛はそんなことは知らないだろう。

雪媛は動揺しているようだった。

「な、なにそれ……」

「その薬を飲んで最初に見た相手に恋をするはずなんだけど。──どうかな、どきどきしてきた？」

「……っ！」

ずいっと顔を近づける。雪媛の頬が一層紅潮《こうちょう》してきた。瞳が潤《うる》んでいるのは酒の効果も多分にあるはずだが、いくらか猛虎の嘘で自己暗示にかかっているのかもしれない。

「俺は君と結婚できるのを楽しみにしてるんだけど、雪媛は？」

「……あ、あんたが楽しみなのは、お父様の跡を継いで本家の長になることでしょ」

「雪媛」

そっと耳元で囁《ささや》いてやると、雪媛が僅《わず》かに震えるのがわかった。

彼の従姉妹は素直ではないし、意地っ張りだ。しかしたまには、本心が聞きたい。

「――今なら、君が何を言ってもそれは薬のせいだよ」

雪媛は耳まで真っ赤になっている。

やがて、小さな声で何か囁いた。

猛虎は耳を澄まし、満足そうに笑みを浮かべる。

その日、雪媛の頰のように鮮やかな百日紅の紅《べに》色が真っ青な空の下に鮮やかに映《は》える様を、猛虎は後々まで覚えていた。

＊＊＊

結局、街で見失った尚宇が屋敷に戻ったのは、夕暮れ時になってからだった。彼が猛虎のいる客間へと入っていくのを陰から確認すると、雪媛は足音を潜《ひそ》めて、扉の前にぴたりと張りついた。

耳を澄ましてみるが、ぼそぼそと小声で話す二人の会話はよく聞き取れなかった。

（……ああ、あの時見失わなければ）

「何しているの、雪媛」

「ひっ」

背後から秋海に声をかけられ、雪媛は飛び上がった。

「お、お母様」

「入らないの？」

「え、ええと……」

「――これは、奥様、雪媛様」

話し声に気づいたのだろう、尚宇が何食わぬ顔をして部屋から出てくる。

「猛虎殿はしばらく眠りたいそうですので、私は失礼します」

「あら、そう……。雪媛、猛虎殿が目を覚ましたら、包帯を替えて薬を塗ってあげてね」

「は、はい」

尚宇は尾行されたことには気づいていないようで、雪媛はほっとした。

（また出かけるかもしれない。よく見張っておかないと……）

夜になり、雪媛は秋海に言われた通り、替えの包帯と塗り薬を持って猛虎のもとを訪れた。

「猛虎殿、入りますよ」

扉を開けると、寝台の上で身を起こしていた猛虎がさっと何かを隠したのが見えた。雪媛は気づかなかったふりをして、静かに扉を閉める。

「薬を持ってきました。包帯を解きますから、上を脱いでください」

「置いていってくれ。自分でやる」

「私がやります。さぁ、脱いで」

「…………」

眉を寄せて躊躇《ちゆうちよ》している様子に、雪媛は首を傾げた。

「……？　なんですか、もしかして恥ずかしいんですか？」

猛虎が頭を抱える。

「お前も若い娘なんだから、恥じらいはないのか」

「怪我人《けがにん》なんですから、言うことを聞いてください。――ほら」

雪媛はおもむろに猛虎の着衣に手をかけた。猛虎には正国のものだったという寝間着を着せてある。紐《ひも》を解こうとすると、慌てて手を摑《つか》まれた。

「待て、いい！　自分でやるから！」

渋々脱ぎ始める様子がおかしく、雪媛は思わず笑った。彼の身体など、最初に手当てを手伝った時にもう目にしている。気遣《きづか》いは不要だった。

(それに、衣《ころも》を纏《まと》わない男なんて……私にとっては、見慣れた光景だわ)

嫌なことを思い出してしまった。

すっと気持ちが冷えた。玉瑛《ぎよくえい》と違って、本物の柳雪媛は周囲からこんなふうに大事にされて育ってきたのだ。

「包帯、外しますね」

猛虎の身体に手を回すと、少し強張《こわば》るのがわかった。包帯を解きながら、雪媛はその体に走る無数の傷跡を改めて見つめた。最初に目にした時も驚いたそれらは、すでに癒《い》えてはいるもののいずれも大きな傷だ。

もしかしたら、これを見られたくなかったのだろうか。猛虎の様子を窺うと、観念したように黙り込んでいる。雪媛からはあからさまに目を逸らして、じっと壁のほうを向いていた。

「……武芸はそこそこで荒事は苦手……だったんですよね？」

雪媛は薬を塗りながら尋ねた。

「……ああ」

「この身体を見ると、とてもそうは思えませんね。いくつもの戦場を越えてきた武人のようです」

猛虎は情けなさそうに笑みを浮かべた。

「相手の攻撃も避けられないのろまだから、傷が増えただけだ。戦《いくさ》には向いてない」

「それなら、どうして瑞燕国《ずいえんこく》と戦い続ける道を選ぶんですか？」

すると猛虎の表情がふっと揺らいだ。

それきり、猛虎は口を噤《つぐ》んだ。

雪媛は焦《じ》れながら新しい包帯を手に取ると、丁寧《ていねい》に巻き直していく。

「今日、尚宇が外出するのを見ました」

どう反応するだろう、と思ったが、猛虎に動じる気配は見えない。

「あいつも少しは気晴らしがしたいんだろう。ずっとここへ俺と籠《こも》っているからな」

(正直に話すつもりはないのね)

雪媛はさりげなく視線をずらす。猛虎が何かを隠したのは、枕のあたりだ。

「……身体を少しこちらに向けてくれますか。上手く巻けなくて」

そう言って身体の向きを変えさせる。枕が彼の視界から外れた。

雪媛は背中のあたりで包帯を整える素振りをしつつ、静かに手を伸ばした。片手で枕をどける。

枕の下から現れたのは、いくつかの書状だった。気づかれないよう、そのうちの一つに手をかけようとした。

その途端、猛虎が雪媛の右腕を摑んだ。

「――何してる！」

雪媛はぎゅっと書状を握り込み、猛虎を睨《にら》みつけた。

「……あなたたちが何も話してくれないからでしょう！」

「お前は何も知る必要はない！」

「そうはいかないわ！　尹族の問題は私の問題でもあるんだから！」

雪媛は逃れようと身を捩《よじ》る。

「勝手なことばかり！　あなたの行動が、これから先の尹族の未来を暗いものにしてしまうとは思わないの⁉」

（あなたのせいで――あなたや柳雪媛のせいで！）

「それを返すんだ」

猛虎は静かに、言い聞かせるような口調で言った。

「代わりに、私をあなたの仲間に引き合わせてくれるなら、返すわ」

猛虎の大きな手が被《かぶ》さって、雪媛の拳を無理やりこじ開けた。

「――あっ！」

書状を奪われ、雪媛は唇を噛む。

「もう行け」

猛虎は背を向けた。

「猛虎殿！」

「これ以上深入りするな！」

容赦《ようしゃ》のない声音でぴしゃりと言い放たれる。

「…………猛虎殿は、私のことが嫌いでしたか？」

雪媛は小さく言った。

「押しつけられた許婚だし、本家の婿になるためなら相手は誰でもよかったですか?」

猛虎は何も言わない。

「このまま私が後宮《こうきゅう》へ入っても……別にどうでもいい?」

答えはなかった。

雪媛は解いた包帯を拾い上げると、そのまま部屋を後にした。


それ以来、雪媛はできる限り注視していたものの、尚宇にも猛虎にも怪《あや》しい行動は見られなかった。

何の手掛かりも得られず、雪媛はため息をついて書庫の扉を開ける。ここへ来るのは猛虎たちがやってきてからは久しぶりだった。

(警戒されてしまったかしら……)

以前読みかけだった書物を手に取る。尹族はもともと文字を持たない民族だった。それ故《ゆえ》に近隣で最も文化の発達していたこの地域の文字が流入しそれを用いてきた。これがまったくの別言語だったら玉瑛の知識では読み解けず、文字まで忘れたと言って習わなければならなかっただろう。お陰で好きなだけ知識の海に浸《ひた》っていられる。

猛虎の怪我は順調に回復してきていた。このまま姿を消されては困る。

雪媛は猛虎のことを思い出すと、僅かに苛立《いらだ》った。玉瑛として、柳雪媛のことは今でも憎らしい。それでも。

（形式的なものだったとしても、許婚だったなら少しは柳雪媛を守ってやろうという気はないのかしら？）

楊慶《ようけい》のことを思い出してしまう。玉瑛を、守ってくれると思っていたのに。

（男なんてみんな同じね……）

入り口の扉が音を立てて開いた。

「……雪媛？」

姿を現したのは猛虎だ。雪媛はぎょっとした。

「な、どうして――まだ動かないようにと」

「正国様の蔵書《ぞうしょ》が残っていると聞いたから見に来たんだ。もうだいぶ傷も塞《ふさ》がった。少しは動いて慣らしていかないと、身体がなまる」

近づいてくる猛虎の足取りは、実際かなりしっかりしたものだった。

しげしげと雪媛の持つ書物に視線が注がれる。

「……えっ、本を読んでいるのか？　お前が？」

意外だ、と言いたげな口調にむっとする。これもまた、楊慶に問われた言葉を思い出させた。

——お前が本を読みたいなんて、思うの？

「いけません⁉」

雪媛はつい、語気を荒らげた。

「いや……」

猛虎は戸惑《とまど》ったように頭を掻いた。

「意外だっただけだ。昔はお前、本が嫌いで……書庫なんて暗くて埃っぽい、と滅多に寄りつかなかったからな」

「そうですか。今は違います」

つんと顔を背ける。

「そのようだな……あ」

猛虎は雪媛の手にした書物をずいと覗き込んだ。

「懐かしいな、『本草集解《ほんぞうしゆうかい》』か」

すぐ傍《そば》に嬉しそうな顔が寄ってきたので、雪媛は一歩下がった。

「昔よく読んだ。持ち出せたんだな……よかった。あ、『尹氏効方集《いんしこうほうしゆう》』もあるな、これも……」

弾《はず》んだ口調で猛虎は書棚を物色し始めた。

（そういえば、薬学に詳しいと丹子《たんし》が言っていた……それで尚宇が実験台にされていたと）

今雪媛が手にしていたのは、尹族が独自に研究した薬草に関する書物だった。猛虎をここに足止めするために、傷の治りを遅くさせる方法はないかと考えて探していたのだ。最悪の場合、死に至らない程度に毒を盛るしかないかもしれない、とまで考えていた。

「薬について調べているのか？」

「えっ……その……ええ、まぁ」

後ろめたくて視線を泳がす。

「馬は？」

「え？」

「最近、馬は乗るのか？」

「……………いいえ」

玉瑛であった頃から、馬に乗ったことなどない。黄《おう》家にも厩《うまや》はあったし馬丁《ばてい》もいた。餌《えさ》やりや厩の掃除を命じられることはあったが、奴婢《ぬひ》が騎乗することなどありえない。

「病《やまい》のせいで、その……乗り方も、忘れてしまって……」

すると猛虎は大きく目を見開いた。

「……そうか」

雪媛は手にした本を胸の前に抱え、「失礼します」と書庫を出た。彼がいたのでは、落ち着いて読むことができない。

(これからは、部屋に持ち出して読もう……)

そうして数日が過ぎた頃、雪媛の部屋を猛虎が訪ねてきた。

「雪媛、一緒に馬に乗りに行かないか」

突然の申し出に、雪媛は驚いた。

「……乗れないと、この間言ったはずです」

「教えてやる」

「屋敷の外へは出てはいけないとお母様に言われているのよ。……あなただって、外をうろうろされては困ります」

「秋海様にも許可をいただいた。今後のためにも馬に乗れるに越したことはないからな」

ただし、と猛虎は手にしていた包みをこちらへ放り投げた。

「これを着ろ。変装くらいは必要だ」

雪媛がいぶかしんで包みを開くと、男物の衣が入っていた。

「でも……」

先日の経験が雪媛を臆病にしていた。外へ出るのは怖い。女だと思われなかったとしても、尹族であると露見《ろけん》すれば。

「お前が早駆けで俺に勝ったら、お前の言うことをなんでも聞いてやる」

「え？」

「ただし、俺が勝ったら……もう俺たちのやることに首を突っ込むな」

一瞬、猛虎の表情が険《けわ》しくなった気がした。

「どうだ？」

乗馬に行こうなどと言って、つまりはそれが目的なのだ。雪媛は唇を嚙んだ。

「それって私にすごく分《ぶ》が悪いです。素人《しろうと》なんですから」

「お前は昔から馬の扱いに誰より優れてた。俺も勝てなかったんだぞ。潜在能力を加味すれば、五分五分だ」

（それは本物の雪媛の話よ……）

しかし、勝てば大きな機会を得られるかもしれない。このままでは何も摑めないまま、猛虎たちはいずれ姿を消すに違いない。

「……いきなり今日、なんて言わないですよね？」

「もちろん。そうだな……勝負は十日後でどうだ。それまで、俺がみっちり教えてやる」

「そんなこと言って、その間に逃げる気では？」

「勝つ自信がないか？」

雪媛はきっと猛虎を睨んだ。

「本当に、私の言うことをなんでも聞くんですね？」

「ああ、死んだ両親に誓おう」

「――わかりました。では私が勝てば、私の質問に全部答えてもらいます。いいですか?」

「よし、厩で待っているから、着替えたら来い」

雪媛は急いで着替え、髪を高く結って纏《まと》めた。これで果たして男の子に見えるだろうか、と鏡を覗き込む。そうして鏡に映った自分を眺めながら、雪媛は少し可笑《おか》しくなった。初めて柳雪媛の顔を見た時には、まさかこんな格好をすることになるとは思わなかった。

厩の前ではすでに猛虎が馬に鞍《くら》を載《の》せて準備をしていた。綺麗な栗色の牡馬《ぼば》だ。

「とりあえず姿勢と合図を教えるから、ここでその練習。それから広い場所に移動して、実際に走らせてみよう。――乗って」

雪媛は恐る恐る馬に近づくと、鞍に手をかけて鐙《あぶみ》に片足をかけた。

しかし、そこまでだった。跨《また》ろうにも思った以上に馬の背は高く、もう片方の足がどうにも届かない。軽やかにひらりと跨る姿を想像していたので、自分の身体の重さに驚く。

「……ふぬぅっ」

じたばたしている雪媛の姿に、猛虎が噴き出した。雪媛は頬を赤らめてじろり、と睨みつける。

「……素人だって言ってるじゃないの!」

愉快《ゆかい》そうに肩を揺らして笑いながら、猛虎は身を屈《かが》めた。

「ほら、肩を貸してやる。足を置け」

「えっ……」

さすがに人を踏み台にして乗るのは気が進まない。

「で、でも――」

「いいから」

躊躇《ためら》ううちに、鐙にかけていたほうの左足をがしっと掴まれ雪媛は驚いた。猛虎はその足を肩で担《かつ》ぎ一気に立ち上がって、雪媛の身体を馬の背に持ち上げる。それで雪媛はようやく鞍の上に腰を下ろした。

（わぁ……）

視線が高い。だいぶ見慣れてきたと思っていたこの屋敷の様子すら、いつもと違って見えた。

（空が近くなった……）

天を仰ぐ。真っ青な空が妙に身近になったように思える。

「足は鐙に乗せるが、そこに体重をかけすぎるなよ。――膝《ひざ》で挟むな、ふくらはぎで馬体を挟み込んで下半身を安定させるんだ」

「……は、はい」

「背筋を伸ばして――そう。手綱は軽く握る程度だ。こう……」

猛虎は雪媛の手を取り、丁寧《ていねい》に手綱の持ち方を説明する。

（本当に、ちゃんと教えてくれるのね……）

逃げる気なのではないかという気持ちがいまだに拭《ぬぐ》えなかったので、意外に思った。

「力を入れすぎるなよ。手綱はお前が摑まるためのものじゃない、あくまで馬に指示を出すための道具だ。止まる、曲がる――馬は口許《くちもと》の馬銜《はみ》でその細かな指示を受け取る」

「お、落ちそうになったら、どうしたら？」

「落ちることより乗りこなすことを考えろ」

「でも……」

「万が一の時は俺が受け止める」

「……怪我してるじゃないですか」

「お前くらい支えられるよ。――さぁ、もっと広い場所に移動するぞ。馬は俺が引くから、お前は乗っているだけでいい。ただし、さっき教えた姿勢を崩すなよ」

「は、はい」

屋敷の庭は馬で駆け回れるような場所ではないので、外へ出るしかない。猛虎は雪媛の乗った馬を引いて門を潜った。

「あなたは馬に乗らないの？」

尋ねると、猛虎は笑った。

「俺に馬を与えていいのか？　それこそ逃げろと言っているようなものだぞ」

「…………」

どうやら本当に、ただ乗馬を教えてくれるだけのつもりらしかった。

（……温かい）

足全体で、馬の心地よい体温を感じる。盛り上がった筋肉が動いているのがわかった。

通り過ぎていく通行人たちを見下ろす。誰より視線が高い。それだけで、世界が違って見える。

（お偉い人たちが輿《こし》や馬の上から私たちを見下ろしていた時、こんな気分だったんだ）

彼らがふんぞり返ってしまう気持ちもわかる気がした。なんだかとても気持ちがいい。

「よし、まずはここでぐるっと歩かせよう」

人気《ひとけ》のない空き地を見つけて、猛虎が言った。猛虎に言われた通りに足で馬の腹を軽く圧迫すると、ゆっくりと馬が動きだした。

雪媛は思わず笑みを浮かべた。自分の命令通りにこの大きな動物が動いている。停止の合図を送ると、今度はぴたりと止まってくれる。

猛虎が労《ねぎら》うように馬の首を叩いた。

「言うことを聞いたらこうしてやれ」

「……頭がいいのね」

ぽんぽんと首を叩いてやりながら、雪媛は微笑した。

「私たち、昔はこんなふうに馬に乗って、みんな草原で暮らしていたんでしょう?」

「二百年近く前はな。もうすっかり定住するのが当たり前になったけど、昔は移動しながら暮らす遊牧民の部族の一つでしかなかった」

「それって、すごく自由ね」

それは、何ものにも縛られないということに思えた。どこへでも行って、なんでもできる気がする。

「……ずっとそうして暮らしていれば、こんなことにはならなかったかもな」

猛虎が複雑そうな表情を浮かべた。

すると突然、雪媛の乗っていた馬が勝手に歩きだした。

「わっ、わっ……」

馬は叢《くさむら》に顔を突っ込んで草を食《は》みだす。あたふたする雪媛に、猛虎が苦笑した。

「どうして? 何も指示を出してないのに!」

「この馬は今、誰かが乗っていると思ってないな。自分の好きに振る舞ってる。つまりお前は今、この馬を支配できていない」

「支配……」

なんとか元の位置に戻そうとする雪媛だったが、手綱を引いても反発されてしまうし、合図を出しても前に進んでくれない。

「もっと強気に主張して指示を出さないと、馬は従わないぞ」

「や、やってるんだけど……」

「馬だって好きで人を乗せているんじゃないんだ。馬を屈服させろと言ってるわけじゃないが、こちらの意見をしっかり伝えなきゃ、好き勝手やるぞ」

雪媛は困惑《こんわく》した。自分を乗せてくれる馬に感謝こそすれ、どうしたらそんなふうに振舞えるだろうか。

「――馬にとっての皇帝になるんだよ」

猛虎が言った。

「え？」

「馬は友でもなければお前の夫でもない。馬に遠慮したり、馬に従う必要はない。自分が皇帝となりその馬を治めるんだ。そういう気持ちで乗ってみるといい」

「……皇帝」

「上に立つ者が民《たみ》を導き治めるには、厳しさも必要だ。だが同時に、尊重もしなくてはならない。かといって優しいだけではだめだ。でなければ、誰も言うことなど聞かないだろう？　馬も同じだ」

（私が――皇帝）

雪媛は皇帝という存在を目にしたことはない。それでも、皇帝は絶対の力を持つという認識はあった。尹族すべてを追放してしまえるほどの、残酷な力を持つ者。その一言で、誰であっても従わせる者。

すっと背筋を伸ばし、胸を張った。体全体で、馬に訴えかける。

（草を食べるのはやめなさい。今は私の存在に集中して、言う通りにしなさい。あとで餌をたっぷりあげるから――）

手綱を引く。

するとようやく、馬が素直に頭を上げた。歩くように指示を出す。ゆっくりと進み始め、雪媛はほっと笑みを浮かべた。猛虎も頷く。

「少し走らせよう。馬体から自分の身体が浮かないように――」

雪媛は自分でも意外なほど、馬を動かすことにするすると馴染《なじ》んでいった。本物の雪媛にとっては得意分野だったというなら、記憶はなくとも身体が覚えているのかもしれなかった。

最初は馬上で跳ねて安定しなかった身体も、徐々にどう衝撃をいなせばいいかがわかってくる。そうすると、まるで馬とひとつになったかのような一体感と心地よさを感じた。

（あ――）

馬がもっと速く走りたい、と言っている気がした。

そして雪媛自身も、そう思った。

（いいわ、そのまま駆けて——！）

とん、と馬の拍子《ひょうし》が変わった。

途端に、ふわりと羽が生えた気がした。自分の二本の脚は消え去り、四本の力強い脚によって大地を蹴っている。景色は一瞬で通り過ぎ、風は頬を滑るように後方へと抜けていく。その、なんと心地よいことか。

雪媛の頬は紅潮し、瞳は爛々《らんらん》と輝いていた。桃色の唇には笑みがこぼれ、歓喜の声を叫びだしそうだ。結っていた髪がぱっと解けたのがわかった。長い黒髪が馬の尾のように流れてたなびく。

天はその手に触れられそうなほど近く、地は井戸の底のように遠い。皇帝のように馬を従えて、自らの意志で駆っている。

誰も、自分を支配する者はない。

ようやく止まった雪媛に、猛虎が心配そうに駆け寄ってくる。

「いきなり飛ばしたな……大丈夫か？」

雪媛は興奮した面持ちで肩で息を切らし、頬を染めたまま破顔《はがん》した。

「すごく……気持ちよかった！」

すると猛虎は一瞬驚いた様子で、やがてふっと笑った。

五章

「――どうしてよ⁉」

上気した頬が、赤い。猛虎《もうこ》は走ってやってきたであろう雪媛《せつえん》の姿を見て、ああ綺麗だ、と思った。それは雪媛と会った最後の日のことだった。

雪媛との結婚を三カ月後に控えた頃、瑞燕国《ずいえんこく》の大軍が攻め寄せてきた。次々にいくつもの城が落とされ、柳《りゅう》一族はいち早く降伏を表明した。正国《せいこく》の決断だった。

猛虎の父はそれに強く反対した。祖国を守るために最後まで戦い抜くと息まく彼に従う者は多かった。

「兵を指揮するって本気？　なんであんたまで……！」

出陣するため鎧《よろい》を纏《まと》った猛虎の姿に、雪媛は声を荒らげた。

「お父様は降伏すると決めたのよ！　これ以上の被害を食い止めるために！　それなのにどうして……！」

「雪媛、早く戻れ。もうすぐ戦《いくさ》が始まる。ここにいればお前も危ない」

「一緒にお父様のところへ行きましょう、猛虎！　今ならまだお許しくださるわ！」

「俺は父上とともに行く。もう決めたことだ」

「いつもの臆病風はどこに行ったのよ⁉　戦場では命のやりとりをするのよ！　……あんたみたいな軟弱なやつ、生き残れるはずないじゃないの！」

　雪媛は握った拳をわなわなと震わせている。

「……以前お前に、惚《ほ》れ薬の入った菓子を渡しただろう」

　猛虎はあの時の光景を思い出しながら、苦笑する。

　雪媛は、何故《なぜ》今そんな話をするのかというように戸惑《とまど》った表情を浮かべた。

「嘘だよ。惚れ薬なんかじゃない、酒が入った普通の菓子だ。お前は単純だから、信じたみたいだけど」

「なっ……」

　かあっと雪媛の顔がさらに赤くなった。

「だから、お前は――俺のことなんか好きじゃない」

　言い聞かせるように、猛虎は静かに言った。

「全部、勘違いだ」

　黒い瞳が、揺れている。

「俺のことなんて、すぐ忘れる」

猛虎は背を向けて歩きだした。

「——どうしてよ！」

雪媛の声が聞こえる。

「兵の数が違い過ぎるわ！　勝てるはずないじゃないの！　それなのに——どうして！」

＊＊＊

雪媛と猛虎の早駆け競争は、尚宇《しょうう》立ち合いのもと行われることになった。

「では、この木を先に通過したほうの勝ちです。いいですね？」

山沿いにある真《ま》っ直《す》ぐな道で、目印となる若木を指して尚宇が言った。雪媛はこくりと頷《うなず》くと、隣で騎乗する猛虎を見た。

この十日間、雪媛の乗馬の腕はみるみる上達した。それでも、どうしたって長年乗り慣れている猛虎のほうが一枚上手だろう。

「手加減なんてしたら怒るから」

「そんなことをすれば俺が負けるよ。病《や》み上がりだぞ」

そう猛虎は笑ったが、怪我《けが》の回復状態もよく影響はさほどなさそうだった。

「それでは位置について！」

尚宇が片手を上げた。

「用意――始め！」

ぱっと手が振り下ろされた。

一気に雪媛は駆けだした。視界の端に黒い影が並走するのが見える。猛虎が馬に乗る姿を見るのは、実は今日が初めてだった。

まだ十日とはいえ、自分が馬に乗るようになったからこそわかる。猛虎は乗り手としてとても秀《ひい》でている。馬に負担をかけず、その力を最大限発揮させてやっているのがわかった。だからといって決して馬の好きにさせているわけではない。

雪媛は鞭《むち》を鳴らし、馬に向かって掛け声をかけた。

半歩ほど前に出た。猛虎も鞭を打つのが聞こえてくる。風を切る音、蹄《ひづめ》の音、ざわめく木々の音に混じって、自分の荒い息が耳元で響いてきた。

（私は――私の力で、欲しい未来を手に入れる）

若木が近づいてくる。尚宇が興奮した面持《おもも》ちで二人を待っているのが見えた。

（誰かに翻弄《ほんろう》されるんじゃなく、この手で！）

皇帝、という言葉が思い浮かんだ。皇帝のように馬に乗れ、と猛虎に言われたことだ。

ぱっと黒い影が視界に躍《おど》り出た。

猛虎の馬が一気に速度を上げ、雪媛を追い抜き若木の傍《そば》を駆け抜ける。雪媛の馬が半歩遅れてそれに続いた。

「──猛虎殿の勝ちです！」

尚宇が興奮したように叫んだ。

「…………っ」

互いに速度を緩《ゆる》め、馬を止める。

雪媛は悔しさでいっぱいになった。あともう少しだったのに。

猛虎がほっとしたような表情を浮かべた。

「結構危なかったな……」

唇を嚙んで俯《うつむ》いている雪媛に、尚宇が気を遣《つか》うように声をかける。

「その……雪媛様、たった十日で猛虎殿と引けを取らない腕前まで勘を取り戻されたのはさすがです。普通ここまでは……」

「もう一回」

雪媛が低く言った。

「もう一回勝負して！　今度こそ負けないから！」

猛虎は困ったように頭を掻いた。

「……いいよ」

結局、三度勝負して、雪媛は三度負けた。

「力《りき》みすぎだな。馬にも圧力をかけすぎてる」

「うるさいわね、わかってるわよ！」

冷静に指摘してくる猛虎に苛立《いらだ》って、雪媛は思わず声を荒らげた。焦《あせ》れば焦るほど思うように走れなくなってくる気がした。

「これで俺の三勝だな。——約束は覚えてるな、雪媛？」

「え——」

雪媛は一瞬ぽかんとなり、やがてはっとした。

（そうだ、約束……）

負ければ、もう猛虎たちのやることに関《かか》わらない、と約束したのだ。そして、雪媛は負けた。

「なんだ、忘れてたのか？」

呆《あき》れたように猛虎が言った。

「……わ、忘れてたわけじゃ……」

雪媛は慌《あわ》てた。もともとこの勝負は、猛虎たちを止めるための手段だったのだ。ところがいつの間にか、そんなことは頭から抜け落ちていた。

何よりこの十日間の練習は、ただ楽しかった。

「……もっと練習したい」

口を尖《とが》らせてそう呟くと、猛虎と尚宇は顔を見合わせた。そして互いに、何とも言えない笑みを浮かべる。

「ああ、この感じ……雪媛様って感じがします」

「この調子なら、そのうち嫌でもお前には抜かれる」

猛虎は馬を降り、小川に誘導して水を飲ませた。雪媛も後に続く。

「……約束は、守るわ」

雪媛は渋々口にした。

「もう、何も聞かない」

すると大きな手が、ぽんと優しく頭を叩いた。

隣に立つ猛虎を見上げる。

「――少し寄り道をして帰ろう」


猛虎が案内したのは、山間《やまあい》の小さな寺だった。人気《ひとけ》はなく、随分《ずいぶん》と鄙《ひな》びている。

「あの、猛虎殿。何故《なにゆえ》……」

尚宇が狼狽《うろた》えたように言った。ひとりの僧侶が駆け寄ってくる。

「猛虎殿！　ご無事で――」

「心配をかけたな」

馬上の雪媛を見て僧侶は怪訝《けげん》な表情を浮かべた。

雪媛は今日も男装していたので、女だと見破られないだろうか、と少し不安になる。

「身内だ。問題ない。――鐸昊《たくこう》はいるか」

「はい」

猛虎は馬を彼に預けると、勝手知ったる様子で境内《けいだい》を進んでいった。雪媛と尚宇もそれに続く。

「ここは昔、瑞燕国へやってきた尹《いん》族が建立《こんりゅう》した寺だ」

「尹族の？」

本堂も通り過ぎ、伽藍《がらん》の脇から続く坂を上っていく。小さなお堂と、それを囲む畑が見えてくる。そこで一人、腰を屈《かが》めて草をむしっている男がいた。

「――鐸昊」

男はこちらに気づくと、ぱっと立ち上がった。

「猛虎殿！」

駆け寄ってくると、猛虎を心配そうに眺める。

「怪我は――」

「もう大丈夫だ」

「そうですか……尚宇から聞いてはいたものの、心配しておりました」

「──雪媛だ。覚《おぼ》えているだろう」

猛虎の後ろに佇《たたず》んでいる雪媛に気がつくと、鐸昊は眉を寄せた。何ともいえない表情を浮かべ、少し居住まいを正すと、

「ご無事でなによりです」

と礼を取った。雪媛と会えて嬉しそうには見えなかった。

「雪媛、これは鐸昊。柳家に長く仕《つか》えた武人だ。俺と一緒にここまで戦ってくれた」

「──猛虎殿、これは一体どういうことです！」

尚宇が我慢ならないというように声を上げた。

「雪媛様との勝負には勝ったのですよ？　なのに何故ここへ雪媛様を連れてきたのですか！」

雪媛は訳がわからず猛虎の顔を見上げた。

「俺の仲間に会いたいと言っていただろう。ここが都から一番近い俺たちの拠点《きよてん》だ」

驚いて、よくよく周囲を見回した。声を聞きつけたのか、他にも数名の男たちがこちらへやってくるのが見えた。武装しているわけではなく寺の手伝いという風情《ふぜい》の恰好だったが、どこか剣呑《けんのん》とした雰囲気を漂わせている。

「一カ所に固まるのは危険だから、兵も武器もいくつかの拠点に分散している。ここはそ

の一つだ」

「どうして……」

尚宇の言う通り、勝負に負けたのだ。

「お前、どうせ諦《あきら》めないだろう。こそこそ探られるくらいなら、見せてしまったほうがいい」

尚宇が頭を抱《かか》えた。

「猛虎殿、そんな……」

「猛虎殿、雪媛様は……後宮《こうきゅう》に入られると聞いております」

鐸昊が険しい表情で言った。

「恐れながら、そのような方をここへ連れてくるのはあまりにも――」

「私は後宮へは行きません！」

身を乗り出すように雪媛は声を上げた。

「私は……私も戦いたいのです。あなたたちとともに」

集まってきた他の男たちは驚いたように雪媛を見て、ひそひそと互いに何か囁《ささや》き合っていた。その雰囲気が妙に刺々《とげとげ》しく感じられて、雪媛は少し怯《ひる》んだ。

「戦うとおっしゃいましたが――その細腕で何をなさるおつもりです」

鐸昊が静かに言った。

「もとはと言えば、あなたの御父上である正国様があっさりと降伏なさったことで我らが祖国は滅びました。確かに命は多く残った。しかし魂は失ったのです。……その娘であるあなたは今、敵国の下で安穏となさっている」

冷たい視線を注がれ、雪媛は身を固くした。

「同胞《どうほう》たちは土地も財産も奪われ、重い夫役《ふえき》を強《し》いられている。あなたにその苦しみがわかりますか」

「わ、私は――尹族としての尊厳を失ってはいません！　祖国を想う気持ちはあなたたちと同じです」

「では、ここへ来るべきではない」

「鐸昊殿、その言いようは……！」

尚宇が割って入ろうとすると、猛虎が肩を引いて止めた。黙っていろ、と言うように視線で制する。

「あなたが真に我らと心を同じくするというのであれば、後宮に入るべきです」

鐸昊の言葉に、雪媛は目を瞠《みは》った。

「な――」

「そして皇帝の枕元で、その首に剣を突き立てていただきたい！　それが柳本家の生き残りとして、あなたがなすべきことではありませんか」

そうだ、という声が上がったわけではなかった。しかし、いつの間にか自分を取り囲む男たちの視線から、彼らが鐸昊の言葉に同意していることを雪媛は悟った。

雪媛はようやく気がついた。彼らにとって、雪媛は裏切り者の娘なのだ。

「あなたには生まれついた立場に即した責務があるはずだ。違いますか？」

「——そういじめるな、鐸昊」

その柔らかい声に、重苦しく張り詰めていた空気がふっと緩んだ気がした。詰め寄る鐸昊の前に猛虎がすっと腕を出し、雪媛との間を遮《さえぎ》る。

「これでも一応、俺の元許婚《いいなずけ》殿だ」

そう言われて、その事実をようやく思い出したというように鐸昊は顔を逸《そ》らした。

「申し訳ありません」

猛虎は苦笑して、気安げに彼の肩をぽんと叩いた。

「俺がいない間、随分《ずいぶん》と気が立っていたようだな。話を聞こう。——尚宇、雪媛を和尚《おしょう》のところへ案内してくれ。茶くらい出してくれるだろう」

「は、はい。雪媛様、こちらへ——」

雪媛は促《うなが》されるままその場を後にした。坂道を下りながら、胸が大きく音を立てているのがわかった。

「雪媛様、大丈夫ですか」

「すみません、鐸昊殿は思ったことをすぐ口に出してしまうから……腕が立つし統率力もあって、猛虎殿にとっては右腕のような方なんです。あの方がいたから、皆ここまで生き残れたと言っていいくらいで。だからこそ、ああいうことも平気で言えてしまうというか……」

実力者なのだろう。そんな鐸昊も、猛虎には敬意をもって接しているのがわかった。

「でも、猛虎殿は、だからこそここへ雪媛様を連れてきたのかも」

「え?」

「おわかりになったでしょう。雪媛様に対して、皆がどう思っているか」

「……歓迎という雰囲気ではなかったわね」

「それを知っていただくほうがいいと思ったのかもしれません。……我らがこうして野に隠れながらもまとまっていられるのは、猛虎殿の手腕によるものです。この均衡《きんこう》が少しでも崩れれば、すべてが無に帰《き》すかもしれません」

「私の存在は邪魔だということね」

「そんな言い方は――」

尚宇は困ったように俯いたが、否定はしなかった。

本堂に通されると、大柄な和尚が出てきて挨拶《あいさつ》をした。

「尚宇殿、ちょっとご相談が――」

他の僧に呼ばれ、尚宇は少し席を外すと言って出ていった。雪媛は出された茶を啜《すす》りながら、和尚の語るこの寺の縁起《えんぎ》に耳を傾けた。

「百年ほど前、この地へ移り住んだ尹族が皆で資金を出し合い、材木を持ち寄り建てたのがこのお堂です。故郷への想いから、この国とは異なる意匠《いしょう》になっていて……」

説明を聞きながらも、雪媛はぼんやりと考えていた。街中で出会った、彼女を余所者《よそもの》として狩るような目をしていた男たち。そして先ほどの、裏切り者として拒絶する同胞たち。

（柳雪媛は……どちらの立場からしても、受け入れられない存在だったんだわ）

――皇帝の枕元で、その首に剣を突き立てていただきたい！

鐸昊の言葉を思い出す。本物の雪媛はそのために後宮へ入ったのだろうか。

（ううん、でも雪媛は皇帝を殺したりしてない……その機会はきっといくらでもあったのに。ただ復讐がしたかったわけじゃないはずよ……）

「では、ごゆっくりなさってください」

一通り話し終えた和尚は、合掌《がっしょう》してお堂から出ていった。

雪媛はしばらくそこで猛虎や尚宇を待ったが、一向に迎えに来る気配はなかった。さすがに手持無沙汰《ぶさた》になり、外へ出ることにする。行く当てもなく、そう広くはない伽藍を眺めながらぶらぶらと歩いた。質素な造りではあるが、どこも手入れは行き届いている。

ここ以外にも拠点があると言っていた。しかし先ほどの尚宇の話からすると、猛虎と鐸昊さえ押さえてしまえば組織をまとめる者は他にいないのではないか。この二人を理由をつけてここから遠ざけ、その隙《すき》にここに盗賊の一味が隠れていると訴え出れば、彼らはきっと瓦解《がかい》する。

だが一方で、盗賊の正体が尹族の残党で、しかも反乱を企《くわだ》てていたと発覚すれば事はそれだけでは済まない。雪媛も、そして秋海《しゅうかい》も、関与を疑われる可能性がある。

(やっぱり、人知れず彼らを解散させるしかない。でもどうやって……)

「――警戒が厳しく、なかなか運び出せないのです」

声が聞こえて、雪媛は足を止めた。尚宇と僧が連れ立ってこちらへやってくる。

「盗品があまりに一つ所に集まっていては身動きしづらい。少しずつでもよそへ……」

「売るにしても注意が必要ですから。我々も細心の注意を払って……」

雪媛は思わず物陰に隠れた。二人の会話に耳を澄ます。

「まずは銀貨を――」

(……盗品、と言った?)

都に出没した盗賊の正体は猛虎たちだ。彼らには、盗み出したものを隠す場所が必要だろう。

(もしかして、ここにあるの……?)

二人の姿が見えなくなるのを確認し、雪媛は彼らがやってきた道を見据えた。足音を忍ばせながら、その道を逆に辿《たど》っていく。

古い井戸を通り越すと、その向こうに小さな倉が建っていた。扉が開いて両手に大きな荷物を抱えた僧が一人、出てくるのが見えた。

雪媛は慌てて木の陰に隠れた。やがて彼が立ち去ると、雪媛は周囲を見回しそっと足を踏み出す。倉に近づき様子を窺《うかが》うが、物音もしない。

扉には錠前がついていたが、開いたままになっている。さきほどの僧は両手が塞《ふさ》がっていたから、閉めずに行ったのだろう。

（ということは、すぐに戻ってくるつもりかも……）

そっと扉を開けて中を覗《のぞ》き込む。薄暗く、埃《ほこり》を被《かぶ》った櫃《ひつ》や古い甕《かめ》などが雑多に置いてあるようだった。

用心深く背後を確認するが、まだ誰もやってくる気配はない。雪媛は少し大胆になり、扉の中へと身を滑り込ませた。

手近な櫃を開けてみる。仏具が入っていた。

（さすがに、こんなに無防備なところには隠さないわよね……）

鍵を開けたままにしていくくらいだ。盗品がここに保管してあるかもしれないと思って入り込んだものの、ただの物置のようだった。

（盗品を見つけて、それをうまい具合に持ち主に返せないかしら……盗んだものさえなくなれば、猛虎殿たちが窃盗《せっとう》の罪で捕まるような危険はなくなるわ）

最初に会った時、猛虎が怪我を負い血を流していたことを思い出す。あんなことにはもう、なってほしくない。

奥に置かれた櫃の下に敷かれた筵《むしろ》が、少しだけめくれ上がっているのに気づいた。雪媛は怪《あや》しんでそっとその筵の端に手をかける。内側に、まだ青々とした車軸草《しゃじくそう》がひとつ挟まっていた。ここへ来る途中、道端《みちばた》に生えていたのを思い出す。

雪媛は上の櫃を動かそうとしたが、相当に重くてなかなかの重労働だった。ずりずりと押してようやく筵をどかすと、床板が現れる。

「――あ」

その床板に触れると、一部が取り外せるようになっている。恐る恐る、手をかけた。板を剝《は》がし床下を覗くと、薄暗い穴の中にいくつもの木箱が重なり合っているのが見えた。手を伸ばしてひとつ取り上げる。ずしりと重い。

開いてみると、現れたのは銀貨や宝飾品だ。

雪媛は表情を曇らせた。反乱はまだ起きていない。止められるかもしれない。しかし窃盗はすでに起きたことで、間違いなく重罪だ。これはその確実な証拠だった。

木箱の傍《かたわ》らには布で覆《おお》われた包みがいくつか置かれていた。こちらも解いてみると、入っていたのは帳面の山だった。ぱらぱらとめくって中身を確認する。

（……これ、裏帳簿？）

官品《かんぴん》の横流しや不正な献金等、怪しげな金の流れが書かれている。いくつか目を通してみたが、いずれも同様だ。

（こんなものまで盗み出しているなんて……高官たちの弱みを握るためかしら）

猛虎の考える反乱は、武力に訴えるだけのものではないのかもしれない。そう考え、彼らの計画がわかるものはないかと、表紙をひとつひとつ確認していく。

ふと、手を止めた。

帳面に紛《まぎ》れて、見覚えのある書物を見つけたのだ。

「……これ……」

表紙には『香名臣言行録《こうめいしんげんこうろく》』とある。玉瑛《ぎょくえい》であった頃、先生と呼んだ老人の庵《いおり》で幾度も読んだことのある書物だった。

「懐《なつ》かしい……」

『香名臣言行録』は数百年前に書かれた本で、すでに滅んだ香王朝時代の名臣たちの言動をまとめたものだ。雪媛はそれを手に取ると、そっと表紙を撫でた。玉瑛が読んでいたのはもっと年季の入ったぼろぼろの本だったが、記憶にある装丁《そうてい》とまったく同じだからきっと同時期に刊行されたものに違いない。

懐かしくてふっと口許《くちもと》が綻《ほころ》ぶ。老人はよく、この中からいろいろな話を引用して解説してくれたものだ。思わず表紙を開いてみる。

（ああ、ここの問答が秀逸だったわ。そうそう、この話──覚えてる）

頁《ページ》を繰《く》りながらつい読みふけってしまう。しかし外から甲高《かんだか》い鳥の鳴き声が聞こえて、はっと手を止めた。

（いけない、もう出よう。尚宇が私を探しているかもしれない……）

名残惜しく思いながらも最後の頁を閉じようとした時、雪媛は視界の隅に映り込んだものに目が引き寄せられた。

裏表紙の見返しを覗き込む。

その端には墨で、不思議な文様が記されていた。文字のような、鳥の絵のような。

（これ……）

書物を持つ手が震えた。何度も確かめるように、目を凝《こ》らす。

──それは花押《かおう》というものだ。

そう話してくれた時、彼は栗を茹《ゆ》でてくれていた。黄金色に輝くその甘美な食べ物を頬張りながら、玉瑛は赤く染まった秋の山を眺めていた。

──私の印のようなものだよ。

雷に打たれたように雪媛は立ち上がった。

「せん……せ……」

胸がどくどくと音を立て、身体が打ち震えた。思わず胸の前で書物を掻き抱く。

(先生だ……これは先生のものだ……！　私が——玉瑛があの山で五十年後に手にする書物！)

信じられなかった。しかし、間違いない。

(いるんだ、先生が！　都のどこかにいる……猛虎殿たちが盗みに入った屋敷の、そのどこかに！)

突然放り込まれた、見知らぬ過去の世界。その中で見つけた、これはたった一つ、本当の自分の人生に繋《つな》がる軌跡《きせき》。

雪媛は他にも手掛かりがないかと、その周辺の書物をすべて漁《あさ》ってみた。しかし、他の書物にはいずれも花押は見当たらず、持ち主の名がわかるようなものもなかった。

注意深くすべてを元通りに片付けて、雪媛は倉の外へ出た。懐《ふところ》には『香名臣言行録』を忍ばせてある。

それだけで、心がどこか温かくなった。

あの時、老人が茹でた栗を帰り際《ぎわ》に持たせてくれたのを思い出す。それを懐に入れると温かく、憂鬱《ゆううつ》な帰り道もほんの少しだけ明るい気持ちになったものだ。

(どこでこれを盗み出してきたのか、問い質《ただ》さなくちゃ)

本堂に戻ってみたが尚宇の姿はない。雪媛は先ほど猛虎と別れた場所まで戻ることにした。

気が逸《はや》り、足取りも速くなる。

小さなお堂が見えてきた。複数人の声が微《かす》かに聞こえてくる。猛虎たちがまだ何事か話し合っているようだった。

「――鐸昊殿の仰《おっしゃ》る通り、雪媛様には後宮へお入りいただくのがよいのではありませんか」

唐突に自分の名が聞こえてきたので、驚いて足を止めた。

「そうだ、そうすれば皇帝を直接狙うことができる。それに呼応《こおう》して兵を挙げれば――」

「だが運よく仕留《しと》められたとして、雪媛様はどうなる。その場で捕らえられ殺されてしまうぞ。助けようにも間に合うまい」

「いや、柳本家の者としてそれくらいの覚悟を持つべきだ」

不穏な内容に、息を詰める。

(何それ……雪媛に皇帝を殺して死ねと言っているの?)

「猛虎殿はどのようにお考えか?」

誰かが猛虎に話を向けた。

しばし沈黙が続いた。雪媛はぎゅっと懐の本を抱きかかえる。指先がひどく冷たい。

猛虎が同意する言葉を、聞きたくなかった。

「──雪媛を、後宮へ入れるつもりはない」

「しかし……！」

「秋海様もそのようにお考えだ。俺は正国様と袂《たもと》を分かった身ではあるが、あの方の家族を巻き込むつもりはない」

「それは──未練でございますか」

鐸昊の声だろう。

「雪媛様と夫婦《めおと》となるはずだったことは承知しておりますが、それもすでに過去のこと。想いが断ちがたいとしても、情は切り離して考えるべきです」

「お前は本当に魂まで失ったか、鐸昊」

猛虎が静かに、しかし圧を含んだ声音で言った。

「我らはかつて、草原の勇者と謳《うた》われた一族。その刃《やいば》で敵の首級を挙げ、失った誇りを取り戻す。──そうではないのか」

しん、と張り詰めた空気が漂った。

「女子《おなご》を犠牲にし、寝込みを襲わせるような真似を誰が誇れる。そうして得たものに、お前たちは胸を張れるのか？」

「……は。申し訳ございません」

気圧《けお》されたような鐸昊の声がする。

がたん、と音を立てて扉が開いたので雪媛は慌てた。お堂の陰に急いで姿を隠す。

出てきたのは猛虎だった。

雪媛がいるはずの本堂へ向かうのかと思ったが、猛虎は一人、それとは反対方向の林に分け入っていく。怪訝に思って、足音を忍ばせてその後をついていった。

ずんずんと繁みに入っていく様子に首を捻《ひね》る。一体どこへ行くつもりだろうか。

すると突然、猛虎がその場にしゃがみ込んだ。

苦しそうに息を吐きながら蹲《うずくま》っている。腹に手を当てているようだった。傷が開いたのだろうかと不安になった雪媛は、思わず駆け寄った。

「――猛虎殿、どうしたの⁉」

突然現れた雪媛に、猛虎は驚いたように顔を上げた。

「傷が痛むの？　ごめんなさい、私のせいだわ。何度も馬で駆けたりしたから……！　見せて！」

屈《かが》み込んで衣に手をかけようとする。すると猛虎は青白い顔で苦笑した。

「違うよ……傷は大丈夫だ」

大儀そうに木に背を預けて座り込むと、大きく息をついた。

「いつもの腹痛」

「……いつもの？」

「昔からこうなんだ。緊張すると腹が痛くなる。……それでよくお前に馬鹿にされた」

「緊張？」

雪媛は首を傾《かし》げた。

「…………もしかして、あの人たちの前で緊張、してたの？」

あんなに堂々としていたのに。たった一声で、その意向を通してしまえるほどに。

すると猛虎は青白い顔で自嘲《じちょう》するように唇を曲げた。

「いつまで経《た》っても慣れない。……やっぱり俺は人の上に立つ器《うつわ》じゃない」

意外だった。

猛虎は丹子《たんし》が言っていたように、なんでもそつなくこなす優秀な人物に見えた。皆から信頼される人望もある。反乱を起こそうという気骨《きこつ》も。

（でも、もしかしたら……）

青白い顔をじっと見つめる。

（この人本当は……そんなことしたくないんじゃないのかしら）

平穏に静かに暮らすことを、心の奥では望んでいるのではないだろうか。

猛虎の手が伸びた。

突然、腰にきつく腕が絡《から》みつく。縋《すが》るように抱きつかれた雪媛は驚いて硬直した。

「……も、猛虎殿？」

身体を丸めた猛虎の表情は見えない。

ただ、きっと苦しそうな顔をしているのだろう、と雪媛は思った。重い息遣いだけが聞こえてくる。

躊躇《ためら》いつつ、そろそろと手を伸ばして猛虎の背中を撫でた。

彼の髪が指に絡まる。

(柔らかい……猫っ毛ね)

大きな猫が丸まって、膝《ひざ》に乗っているようだ。

(この人なら、話せばわかってくれるかもしれない。皆のために、何が最善なのか――)

するとその猫はおもむろに頭をもたげ、不思議そうに雪媛を見上げた。

「……お前、腹筋固すぎやしないか」

「は?」

雪媛は呆気《あっけ》に取られた。

「懐に何を入れてるんだ?」

しまった、と思った。書物が当たっていたのだ。

「あ……えーと……」

もっと遠回しに探りを入れようと思っていたが、仕方がない。雪媛は観念して、先ほど持ち出してきた『香名臣言行録』を取り出した。

「あの……猛虎殿、教えてほしいの。この書物、どこで手に入れたの？」

「『香名臣言行録』？　どこでそんなもの……」

「どこぞの裏帳簿に紛れてたの」

するとと猛虎ははっとして、「……あそこへ入ったのか」と苦々しげに言った。

「ごめんなさい、勝手なことして。あの盗品のことでどうこう言うつもりはないわ。勝負に負けたのにここへ連れてきてくれて感謝してる。ここのことも、決して他言はしない。――でもお願い、ひとつだけ教えてほしいの。この書物の持ち主が知りたいのよ、どうしても！　これはどこから盗んできたものなの？」

猛虎は怪訝そうだった。

「……何故知りたい？」

それはそうだろう。こんなことを知りたがる理由が柳雪媛にあるとは思えない。

本物の柳雪媛ならば。

「理由は言えないけど――私にとってはとても大事なことなの」

お願いします、と雪媛は頭《こうべ》を垂れた。

猛虎はしばらく口を開かず、何か考えているようだった。雪媛はじりじりとした気分になる。

（ああ、私ったらこんなに馬鹿正直に尋《たず》ねるんじゃなかったわ……あの盗品のことを誰に

も言わない代わりに教えて、と交換条件にするなり、やり方はいろいろあったじゃないの）

もっとうまい立ち回り方を考えるべきだった、と臍《ほぞ》を噬《か》む。

「…………帳簿なら、吏部尚書《りぶしょうしょ》の屋敷のものだろう」

ぱっと顔を上げた。

「え――」

「あそこでは、金の流れのわかりそうなものを狙ったんだ。その書物は恐らく偶然紛れ込んだだけだろう」

「吏部尚書……」

光が差したように思えた。そこに、あの慕《した》わしい老人がいるのだ。

「あ、ありがとう……！　感謝します、猛虎殿！」

「教えた代わりに、俺からの頼みも聞いてくれるか」

やはり交換条件があるのだ、と雪媛は少し怯んだ。

（そうよね……ただで情報が貰《もら》えるはずない）

「ええ、もちろん」

「……さっきのことは、尚宇にも、誰にも言わないでくれ」

「さっき？」

猛虎は気まずそうに顔を僅《わず》かにしかめる。

「だから、俺がここで……情けない姿を晒《さら》したことだ」

それは、緊張で腹痛に苦しんでいたことだろうか。それとも、その後の――。

思い出して少し頬が熱くなる。

「わ、わかった。言わないわ」

遠くから、二人を呼ぶ声が聞こえた。

「尚宇だな。行こう、帰りが遅いと秋海様が心配なさる」

「……帰るの？　一緒に？」

もしかしたら猛虎はここに残るつもりかもしれない、と思っていた。立ち上がった猛虎の顔色は、いつの間にか随分とよくなっている。

「ああ」

「まだ一緒に……いられるの？」

猛虎は少し驚いたように立ち止まった。そして、

「――ああ」

と手を差し伸べる。

雪媛は躊躇《ためら》いつつも、その手を取った。大きくて、温かい。

二人はそれ以上何も語らず、ゆっくりと林を抜けていった。

六章

先生と呼んだ老人も、今の時代ではまだ若々しい青年であるはずだった。出会ったとしても、果たして見分けられるだろうか。

(でもきっと、面影《おもかげ》はあるはずだわ)

胸を高鳴らせながら、現吏部尚書《りぶしょうしょ》である文《ぶん》氏の屋敷へと向かう。その広大な敷地は雪媛《せつえん》の暮らす家の何倍もありそうだった。これも横流しで稼《かせ》いだ金のお陰だろうか。

そう考えた時、ふと不安になる。

(先生もあの裏帳簿に絡《から》んでいるのかしら。もしかしてこの家の息子で、父親と一緒に悪事に手を染めていたとか……それが発覚して、あんな山奥で隠遁《いんとん》生活を?)

正門から堂々と訪ねるわけにもいかない。雪媛は屋敷の裏手に回った。

使用人用の通用門を見つけると、出入りする者が来ないかとそわそわとして待った。まずはこの家に、それらしき人物がいるかどうかを確かめたい。

しばらくすると下男らしき若い男が一人、中から出てくるのが見えた。

「あのう……すみません」

　雪媛が声をかけると、男は立ち止まってこちらをじろじろと見たが、身なりのよさからどこぞの令嬢だと思ったのだろう。少し居住まいを正す。

「はい？」

「教えてほしいのですが、こちらは吏部尚書の文様の御屋敷ですよね？」

「そうですけど」

「あの……では、文様のご子息は今、いらっしゃるかしら？」

　そもそも息子がいるのかも知らないが、とりあえずかまをかけてみる。

「若様たちは出かけてらっしゃいますが。何かご用ですか？」

（若様、たち……一人じゃないのね）

　雪媛はこんな時のために用意しておいた嘘の説明を使うことにした。心の準備のため、すうっと息を吸い込む。

「……実は、先日私が具合が悪く困っているところを助けてくださったお方を探しているのです。お名前も聞けなかったのですが、いろいろと訊《き》いて回ったところ、こちらのご子息ではないかと……是非お礼がしたくて」

「はぁ。しかし旦那様には三人のご子息がいらっしゃいますが、どなたのことかな……」

　男は首を捻《ひね》る。

（三人……）

「あの、若様たちはいつ頃お戻りです？」

「夕刻には戻られると思いますよ。今宵《こよい》は宴《うたげ》があるので」

「そうですか……」

それならば帰ってくるのを待って、一人ずつ確かめてみるほかない。

「では、また改めます。ありがとう」

にっこりと微笑みかけると、男の表情が少し緩《ゆる》んだ。

「あ、あの、お名前は？　いらっしゃったことを言付けておきますけど」

「いえ、驚かせたいので……秘密にしておいていただける？」

少し悪戯《いたずら》っぽく目線を投げかける。

男はわかりました、とちょっと嬉しそうに言った。化粧をして着飾ってきた甲斐があったようだ。前回のように誰かにおかしな因縁《いんねん》をつけられる可能性もあって少し怖かったが、この容姿や身なりを活《い》かしたほうがやりやすい場合もある。

男に別れを告げ、正門のある大通りに向かう。空を見上げればまだ日は随分《ずいぶん》と高い。目当ての息子たちが帰ってくるまでには時間があった。

（どうしよう……ずっとここで張り込む？　怪《あや》しまれるかしら……）

その時、ちょうど文家の門が音を立てて開いた。中から身なりのよい男が三人、連れ立って出てくる。この家の住人か、と雪媛は観察した。

その中に一人、見覚えのある顔があった。

柳原許《りゅうげんきょ》だ。現在の柳本家の長。雪媛は驚いて、彼の顔をまじまじと見つめた。

（どうして彼がここに……）

「文様《うやうや》、それではなにとぞよろしくお願いいたします」

原許が恭しく頭《こうべ》を垂れた。相手は横柄《おうへい》に軽く頷《うなず》く。

ではこれが吏部尚書か、と雪媛は思った。恰幅《かっぷく》がよく立派な髭《ひげ》をたくわえ、いかにも人に命令することになれた風情《ふぜい》の老人だった。

門の前には馬が用意されている。

「今日は陛下《へいか》のところへ？」

もう一人の男が文氏に尋《たず》ねた。他の二人に比べればまだ若い。

「ああ、盗賊の件だ。王《おう》将軍も不甲斐ない。取り逃がして以来、いまだに手掛かりも見つけられないとはな」

「行ってらっしゃいませ」

下男が馬の横に踏み台を置いた。それを見て雪媛は、自分が初めて馬に乗ろうとした時に一人では馬に跨《また》がることができなかったのを思い出す。歳のせいか、恐らくあの老人もそうなのだろう。

すると文氏は手を振って、その踏み台を片付けさせた。原許に向かって、顎《あご》をしゃくる。もう一人の男が原許の肩に手を置いて何事か囁《ささや》いた。原許の顔が一瞬強張《こわば》った。

やがて原許は足を踏み出し、文氏の前でゆるゆると膝《ひざ》をつき四つん這《ば》いになった。その背に文氏が足を乗せる。そうして彼を踏み台にすると、悠々と馬に跨った。

（え……？）

道行く人々が、その様子を見て何事か言い合っている。小さく笑い声も聞こえた。

文氏が馬でその場を去っていく。立ち上がった原許は、彼の姿が見えなくなるまで頭を垂れて見送り続けていた。その姿はひどく小さく、弱々しく見えた。

やがて顔を上げると、原許は隣に佇《たたず》んでいるもう一人の男に話しかけた。

「……独大人《どくたいじん》。此度《こたび》はいろいろとありがとうございました」

「なに、なんということもありませんよ。では──」

男はにこやかな笑みを浮かべながらも、蔑《さげす》んだ目を原許に向け去っていく。

原許はようやく手と膝についた土を払った。手を伸ばし背中についた汚れも取ろうとするが、しっかりとついた足跡は消えない。諦《あきら》めたようにため息をつき、肩を落とす。

その時、雪媛と目が合い、原許ははっと息を飲んだ。そして、じわじわと居心地が悪そうな表情を浮かべる。

雪媛は身体が打ち震えるのを感じていた。

原許がしたことは、猛虎《もうこ》が彼女に肩を貸してくれたのとは、絶対的に意味が異なる。

「こんなところで何をしている、雪媛」

声には以前会った時と変わらぬ張りがある。先ほどまでとは大違いだ。

「……原許殿こそ、何をしているんです」

「ふらふらしているところを見ると、やはり病《やまい》というのは嘘だったのだな。――ならば早々に後宮《こうきゅう》入りの準備をせよ」

「何故《なにゆえ》、あんな……」

雪媛は拳を握りしめた。

「原許殿には、尹《いん》族としての――人としての矜持《きょうじ》はないのですか！」

屈辱的な要求を甘んじて受け入れた目の前の男に、腹立たしさと、悔しさが湧き上がってくる。

（柳雪媛のせいで尹族は卑《いや》しい身分となった――でも今はまだ違う。それなのにこの人は、自《みず》らあんなことを……！）

「……あるとも」

「では何故唯々《いい》諾々《だくだく》と従ったのです！　この国の高官に媚《こ》び諂《へつら》って取り入るおつもりですか⁉」

「――お前の父がいち早く投降したことで、我らの祖国は滅んだ」

その言葉に、雪媛はどきりとした。

「家族を守るという己《おのれ》の望みのためにそう選択したのだ。だが私は従った。長に従うのが我らが一族の掟《おきて》だからだ。だが……だが正国《せいこく》は死に、何も持たぬ我らが異国で生き延びる術《すべ》は限られている。どれほどの屈辱であろうとも、誰に謗《そし》られようとも、一族のために耐える覚悟が私にはある」

「だからって、あんな……」

「お前もそうだと思っていたがな、雪媛。……以前のお前は、後宮へ行き必ずや寵姫《ちょうき》となると誓っていた」

「……後宮へは、行きません」

途端に冷ややかな眼差《まなざ》しが雪媛を刺した。

「父親が犯した過《あやま》ちの責任は、娘であるお前に取ってもらう」

絶句する。

「そんな――」

「これは一族の総意なのだ」

「私は――」

「それは本当に一族の総意ですか？」

背後から突然声がして、雪媛は驚いた。振り返ると猛虎が腕を組んですぐ傍《そば》に立っている。

　じろりと原許を睨《にら》みつける。原許は驚愕《きょうがく》したように、猛虎の顔を見つめた。

「………も、猛虎殿？」

「お久しぶりです、原許殿」

「い、生きて、いたのか――」

　信じられない、というように目を剝《む》いている。

「死んだものと……」

「ええ、そうでしょうね。だから今は、あなたが長の座についている」

　原許はむっとした表情になった。

「お前がいない間に掠《かす》め取ったとでも言うつもりか。お前とお前の父親は、一族の掟に背《そむ》き離反《りはん》したのだ。そして死んだと……皆そう思っていた」

「だが皆知っているはずです。正国様が、誰を跡継ぎとするつもりだったか」

「それは……」

「長の座を譲れなどと言うつもりは毛頭《もうとう》ありません。ですが、先ほどの原許殿の言いよう、まるで本心では降伏などせず戦いたかった、と聞こえましたよ。ならばそうすればよろしかったのでは？　――私は最後まで戦いました。敗れはしたが、祖国のためにこの身を賭《と》して立ち向かった」

「……今更それを言ってどうする」

「あなたが自身を顧《かえり》みず一族のために尽くす姿勢には素直に敬服いたします。──ですがそれを、雪媛にまで押しつけないでください」

庇《かば》うように肩を抱き寄せられ、雪媛はその大きな手の頼もしさにほっとする。

「戦《いくさ》に負ければ女は奪われるもの──それが世の常だ。我らは負けた。捧《ささ》げ物をしなくては、生きてはいけない」

原許は表情を歪《ゆが》めた。

「私が喜んで雪媛を差し出すとでも、思っているのか……！」

苦渋《くじゅう》に満ち、絞り出すような声で原許が言った。

「帰るぞ、雪媛」

猛虎は雪媛を促《うなが》してくるりと踵《きびす》を返す。

不安になり、雪媛はそっと振り返る。原許は二人を険しい目で睨みつけながらも、追ってくることはなかった。

「……猛虎殿、あの、ありがとう」

雪媛が礼を述べると、角を曲がったところで猛虎は突然立ち止まった。どうしたのかと雪媛が見上げると、両手で顔を覆《おお》っている。

「はぁあ～～……っ」

大きく息を吐いて背を丸める。

「あの人苦手……昔からどうも苦手……あー緊張した」

「え……」

雪媛は目を瞬《しばたた》かせた。

猛虎は大きく深呼吸して落ち着こうとしているらしい。

「……お腹《なか》、大丈夫？」

心配になって尋ねると、猛虎はきまりの悪そうな顔をしてしゅっと姿勢を正した。

「大丈夫だっ！　――それよりお前、なんだその恰好は」

「え？」

猛虎は苦々しげに言った。

「なんでそんなに着飾ってる」

「これは……」

「外に出るなと言われているくせに、目立つようなことをするな」

「ごめんなさい、でも大事な用があって」

猛虎は少し唇を尖《とが》らせると、おもむろに雪媛の頭に両手をかけ、結って美しく整えた髪をわしゃわしゃと掻き回した。

「ちょっ……何するの！」

落ちそうになった簪《かんざし》を手に取りながら、雪媛は混乱して声を上げた。

「ああ、ぐちゃぐちゃ……」

ほつれてきた髪を掻き上げる。

「――さあ、帰るぞ。秋海《しゅうかい》様が心配する」

どこか満足げに言って猛虎が歩き始めたので、雪媛は眉を寄せた。

こんな頭ではむしろ目立つ。仕方がないので雪媛は披帛《ひはく》で頭を隠すように覆った。先を行ってしまう猛虎に小走りに駆け寄る。

「何よ、猛虎殿はこういう恰好が嫌いなの？」

「…………」

猛虎が無言なので、雪媛は少しむっとした。

「無視しないでよ」

「………他の男に見られるのが嫌だ」

ぼそっと口にしたが、それは案外はっきりと雪媛の耳に届いた。

雪媛はぽかんとして、顔を背けてこちらを見ない猛虎の様子をじっと眺めた。そして、ぐいっと彼の腕を引き、その顔を覗《のぞ》き込む。

気まずそうに視線を外しているが、頬が僅《わず》かに赤い。つられるように、雪媛も頬を染めた。

（……きっと、全部嘘だったんだ）

雪媛は親に決められた婚約者で、それだけの関係だったと——あれは、事実ではないのだろう。

きっと猛虎は、雪媛を愛していた。

（猛虎殿は……私を守ろうとしてくれている）

本当はすぐに緊張してしまう気弱で臆病な人が、誰に対してもきっぱりと、雪媛を後宮にはやらないと言い放ってくれる。

秋海が雪媛を庇ってくれた時のように、どこか緊張がほぐれ、身体が温かいものに包まれるような感覚。自然と口許《くちもと》が綻《ほころ》んだ。足取りが軽くなる。世界が輝いて見える。

しかしやがて、水が急に引いていくように冷静になった。

（……でも、この人が好きだったのは本物の柳雪媛で……私じゃない）

ずんと胸のあたりが重くなった。そっと隣の猛虎の顔を覗き見る。

（私のことも……好きになってもらえるかしら）

夕刻が近づき、雪媛は男装して再度文家の屋敷へと向かった。門前で長時間うろうろしているのは怪しすぎるので、屋敷からほど近い小路《こうじ》の角に身を潜《ひそ》め、こっそりと正門を注視する。

(もっと早く帰宅している可能性もあるけど……)

それでも、とにかく一人でも顔を確認できれば。今後時間をかけて、一人ずつ確かめていければいい。

屋敷の前を通り過ぎていく人々を眺めながら、雪媛はそわそわとした。

(先生に会えたら……会えたらどうしよう。私のことなんて知らないんだし……でも、でも話してみたい。今この時代に、彼がどんなことを考えているのか聞いてみたい)

ぎゅっと両手を握りしめる。

一刻(約三十分)ほど経《た》った頃、門の前に馬を止める人物が現れた。雪媛はできる限り何げない素振りで通行人を装《よそお》い、門へと近づいた。

少しずつ、その人物が見える位置に移動する。馬を降りたのは二十代くらいの若者で、身なりや立ち居振る舞いから貴族の子弟と思われた。

(きっと彼が、この家の若様……)

どきどきしながらその顔を盗み見る。面長《おもなが》で細い目、平たい鼻に厚い唇。

記憶の中の老人の顔立ちと比べてみる。

(……違う、気がする……)

歳を取ることで顔立ちもある程度変わるだろう。しかしその変化を考慮しても、似ていない。

「おかえりなさいませ」

出迎えた使用人が頭を下げた。

「父上は？」

「まだお戻りになりません」

聞こえた会話からすると、息子の一人に間違いなさそうだった。

（とりあえず、一人は違う……）

がっくりしながら屋敷を通り過ぎ、また物陰から残り二人の帰宅を待ち構えた。

二人目が現れたのは、まもなく日が沈もうという頃だった。ゆったりと歩いてきた青年は、出迎えて頭を下げた使用人には目もくれず無言で門の向こうへと消えていく。その横顔を眺めながら、雪媛はこちらも違う、と思った。その顎には、大きなほくろがある。

（先生は顔にほくろなんてなかったわ）

はあ、とため息をつく。

可能性があるのはもう一人。その最後の息子を今か今かと待ってみたが、日が沈んであたりが暗くなっても姿を現す気配がなかった。あまり遅くまではいられない。そろそろ帰らないと、と思いつつ、じりじりしながら張り込みを続けた。

しかしやがて、客と思われる人々がひっきりなしに集まってくるようになった。今夜宴があると言っていたから、もう始まる刻限なのだろう。こうなるともう、誰がこの家の息子かなど見分けようがない。

（……また明日、出直せばいい）

雪媛は後ろ髪を引かれながらも、暗い帰路についた。

「おおい、江良《こうりょう》」

書院の門を潜《くぐ》ると学友に声をかけられ、江良は足を止めた。

声をかけてきたのは友人の文熹富《きふ》だった。書院は科挙《かきょ》を目指す者たちが集まる私塾であり、江良も熹富も次回の試験を受けるために就学している。

「久しぶりだな、熹富。最近見ないと思っていたが。また遊び歩いているのではないかと先生も憂慮していたぞ」

「江良、そんなことより少しばかり気のきいた詩を作ってくれないか！　こう、女が喜びそうなやつを！　きゅんと心を鷲掴《わしづか》みにするやつ！」

袖《そで》をぐいぐい引っ張る熹富に、江良は呆《あき》れた。

「……またか」

「運命の女に出会ったんだ！　頼む、お前の腕前を見込んで！」

「お前の運命は何回ある」

「何回あったっていいじゃない？」

「自分で書け」

「俺には才能がない！」

熹富は傲然《ごうぜん》と胸を張って宣言した。

「自分の力量を弁《わきま》えているのは感心だが、それでも自分で書け。士大夫《したいふ》を目指すならそれくらいできずどうする」

「江良～、お前の好きな菓子奢《おご》るから～」

「それよりお前、貸した本をそろそろ返せよ」

熹富はぎくりとして、すっと視線を逸《そ》らした。

「あー……江良、それがな……そのー……」

熹富は視線をきょろきょろさせながら、気まずそうに手をこすり合わせる。

「？　なんだ、はっきりしないやつだな」

「あれな、なくしちゃったみたい……てへっ」

笑ってぺろりと舌を出す熹富に、江良は額《ひたい》に手を当てて唸《うな》った。

「……熹富」

「わー！　ごめん、本当ごめん！　いや、それがだな、ほらこの間、例の盗賊がうちの屋敷に入っただろ⁉　あの時一緒に盗まれたんじゃないかと……」

熹富の父は現吏部尚書である。その文家に都を騒がせる盗賊が現れたというのは江良も聞いていた。熹富の父は大層腹を立て、皇帝に直談判《じかだんぱん》して王将軍まで捜査に引っ張り出したという。

江良は呆れた目を熹富に向けた。

「ほーう。『香名臣言行録《こうめいしんげんこうろく》』をわざわざ盗む盗賊がいるとは驚きだな。そいつはどこの好学の士だ？」

「う……だって、その、父上の書斎に持っていったのは覚えてるんだよなぁ。その後どうしたかが思い出せなくて……探したんだけど……何度も探したんだよぉ、本当……嘘じゃなくて、本当」

腕を組みながら熹富は険しい表情で唸った。

「あ、あのな、ちゃんと返すぞ⁉　代わりに新品を手配するから、な⁉」

「あれは香王朝時代の貴重な写本だぞ。代わりなんかあるか！」

「盗賊が捕まれば戻ってくる……かも？」

「じゃあ捕まえてこい」

「無茶言うなよ～。あの王将軍ですら手を焼いてるんだぞ」

「詩の件は自分でなんとかするんだな」

ふいと顔を背けてすたすた歩き去ろうとする江良に、熹富は追いすがった。

「江良、お願い！　それはそれ、これはこれってことで！」

「……図々しいと言われないか、お前？」

「だってもう彼女のことで頭がいっぱいで、勉学も手につかないんだよ～！　このままじゃ試験も落ちちゃうよ！　そしたら父上に殺される！　頼む、俺を助けると思って！」

泣きだしそうな顔をくしゃくしゃにする熹富に、江良はため息をついた。

「──紅何房《こうかぼう》の高級点心盛り合わせ」

「！」

熹富は顔を輝かせて、ぱっと江良に飛びついた。

「江良～～そんなお前が大好きだ！　ちゃんと本も探すからな！」

「期待しないでおく。──ほら行くぞ。そろそろ講義の時間だ」

連れ立って講堂へと向かいながら、江良は内心ため息をつく。

（盗賊が盗んでいった？　まさかな……ああ、あれをなくすとは惜しいことをした）

新装版ならすぐに手に入る。だが、現在手に入るものと、数百年前の本では内容にいくつか違いがある。江良の持っていた『香名臣言行録』と同じ物は、皇宮《こうぐう》にある書庫くらいにしかないだろう。しかしそこは、科挙に合格した官吏《かんり》でなければ閲覧《えつらん》できない。

「なぁ江良、早速なんだが明日までに詩をしたためてくれるか？」

「どこまで図々しいんだ……」

「明後日が彼女の誕生日なんだよ！　この機会を逃せないだろ！」

「……わかったよ」

江良は再び大きくため息をついた。しかしなんだかんだ言って、この友人のこういうところは嫌いではないのだった。


柳家の厨《くりや》はその時間、いつもなら昼餉《ひるげ》の支度のため慌《あわ》ただしい気配が漂っているはずだった。しかしこの日、僅《わず》かな使用人たちは厨の外で手持ち無沙汰《ぶさた》に顔を見合わせ、丹子《たんし》は落ち着かない様子で中を覗き込んでいた。

雪媛は袖《そで》を捲《まく》り上げ、火を熾《おこ》して鍋をかけた。野菜を洗い包丁を手に取ると、その感覚に懐《なつ》かしさを覚えた。料理など随分《ずいぶん》と久しぶりだ。玉瑛《ぎょくえい》であった時以来。

「雪媛様、お手伝いいたしましょうか？」

丹子が不安そうに声をかけてくる。

「大丈夫よ、休んでいて。全部私がやるから」

自分で食事の用意がしたいと、雪媛から申し出たのだ。

（お母さまのお好きな餃子《チャオズ》は綺麗なお花の形に包んで……鶏肉《とりにく》と茸《きのこ》の汁物に、白身魚を蒸

して……それから卵を入れたお粥《かゆ》は猛虎殿に）

緊張して冷や汗をかき背を丸めている猛虎の姿を思い出す。胃に優しいものを食べさせてあげたい。この料理を口にしたら、皆どんな顔をするだろうか。そう想像するだけで心が浮き立った。

奴婢《ぬひ》であった玉瑛は、好きこのんで料理を作ったことも、自分で献立《こんだて》を自由に考えたこともない。すべては主人のための労働であり、家族のためや、まして自分のために支度をすることなどあり得なかった。だから今、雪媛は楽しくて仕方がなかった。

餃子の皮を包む手も軽やかにうきうきとして、笑みが零《こぼ》れる。いつの間にか歌まで口ずさんでいて、それを聞いた丹子や他の下女たちは顔を見合わせた。

「雪媛様が、こんなに楽しそうにお料理をされるのは初めて見ますねぇ……」

丹子が首を捻《ひね》った。

言われて、ちょっと浮かれすぎていたか、と顔を引き締める。

「私、以前は料理をしなかったの？」

「時折奥様が教えてらっしゃいましたが、いつもしかめっ面《つら》で……こういったことは苦手でいらっしゃいました」

「そう？　じゃあ記憶がなくなってよかったわ。今は大好きよ」

（それなら柳雪媛は、猛虎殿に美味《おい》しい手料理を振る舞ったこともないはず）

そう考えると気分がよかった。少しの優越感。

鍋からいい匂《にお》いが漂い始める。玉瑛はどれほど美味しそうな料理が目の前にあっても、それを口にすることはできなかった。空腹に苦しみながらその匂いを嗅《か》ぐことがどれほどの拷問《ごうもん》だったか。思い出すだけで辛《つら》い。

（でも、今は違う……これは、後で皆と一緒に食べるんだから）

お粥の味見をしながら、想像してふっと笑う。

「楽しそうだな」

「…………っ⁉」

いつの間にか猛虎がすぐ横に立っていた。雪媛はびっくりして匙《さじ》を落としそうになる。

「も、猛虎殿、なんでここに――」

「お前が厨に籠《こも》ったというから、とんでもない惨状になっているんじゃないかと見に来たんだが……」

猛虎は調理台や竈《かまど》を見回した。調理途中でありながらもどこも整然としている。

玉瑛であった頃の癖《くせ》で、後の始末が楽なように決して散らかしたりせず片付けながら作業を進めていたし、手際《てぎわ》よく仕上げなければ鞭《むち》が飛んできたから速さと正確さにも自信があった。雪媛はちょっと胸を張る。

「どんな惨状を期待していたか知らないけど、心配は無用です」

「そのようだな……いい匂いだ」

意外そうにまじまじと鍋を覗き込む。

「もうすぐできますから」

「粥か？　旨《うま》そうだな」

これは猛虎のために作ったものだ。しかしそう言うのは気恥ずかしかったので、雪媛は少し俯《うつむ》いた。

「……あ、味を見ますか？」

少し素《そ》っ気《け》なくそう言って、一匙掬《すく》って猛虎に向ける。

猛虎は少し目を瞬《またた》かせた。そのまま無言でじっと雪媛のほうを見るので、思わず目を逸《そ》らす。頬が熱いのがわかった。

「あ、あの……」

背の高い猛虎は少し屈《かが》み込んで、ぱくり、と匙を口に含んだ。

「――旨い」

そう言って咀嚼《そしやく》する様子に、じわりと胸のあたりに何かが広がるのを感じる。満たされていく気がした。その姿を見ているだけで、心が温かくなる。

何故《なぜ》か泣きたい気分になった。涙で、視界が霞《かす》む。

途端に猛虎がおろおろしたような声を上げた。

「ちょっ……旨いと言ったのに何故泣くんだ……！」

「……泣いてません！」

さっと滲《にじ》んだ涙を拭《ふ》きとって、雪媛はつんと言った。

「さぁ、あちらでお母様と待っていてください。すぐに持っていきます」

猛虎は雪媛の態度に戸惑《とまど》った様子だったが、やがて仕方がない、とでも言うように苦笑した。

雪媛の頭をくしゃっと撫でる。

そのまま厨を出ていく猛虎を見送りながら、雪媛は温《ぬく》もりを追うように、撫でられた頭にそっと触れた。

準備がすべて整い、雪媛は料理を運び出すよう丹子たちに頼んだ。

「――本当に全部雪媛が作ったの？」

並べられた料理を見て、秋海は目を丸くし感嘆の声を上げた。

「そうでございますよ。私たちには一切手伝わせないで」

丹子がにこにこと、微笑ましそうに言った。

尚宇《しょうう》は恐縮した様子で猛虎の横に並んで座っている。

「あの、私までいただいてよろしいんでしょうか……？」

「もちろんよ、皆のために作ったんだから」

雪媛は自《みず》ら給仕をしながら笑った。

「多めに作ったから、丹子たちも食べてね。屋敷にいる全員分くらいはあるはずよ」

「私たちにも、ですか？」

丹子が驚いて言った。

「いつものお礼よ。私が記憶をなくしたり、猛虎殿たちのことがあったり、いらぬ迷惑ばかりかけているものね」

「まぁ……ありがとうございます。皆喜びます」

「さぁお母様、食べてみて」

小皿にひとつ、餃子を取り分けて差し出す。秋海は嬉しそうにそれを受け取り、箸《はし》で口に運んだ。

「美味しい」

目を輝かせて頬張る秋海の様子に、雪媛はなんだか誇らしい気分になった。止まらない、とでもいうようにせわしなく箸を動かしながら尚宇が称賛した。

「雪媛様、腕を上げられましたね……本当にどれも美味しいです！」

その横では猛虎が粥に口をつけている。目が合うと、旨い、というようにふっと笑った。

自分は本物の雪媛ではない。

それでも、秋海や猛虎の、今の笑顔を作っているのはこの自分だ。

（この幸せは――私のものだわ）

ぎゅっと自分の胸元を握りしめる。

（あなたには奪わせない）

自分の中に潜むかもしれない柳雪媛に語りかけた。

（そしてあなたが奪った玉瑛の未来も……私が取り戻してみせる）


昼餉の後始末を終えると、雪媛は再び男装して吏部尚書の屋敷を訪れた。今日こそは目当ての人物と対面できるかもしれない。

（最後の一人……きっとその人が先生よ）

文家の正門を見上げ、そわそわと周囲を見回した。中にいるだろうか、それとも出かけているだろうか。

また長丁場になるだろう。雪媛は昨日と同じ場所で、できるだけ目立たないように人の出入りを見張った。

（またあの下男をつかまえて情報を聞き出そうか……ああ、でもこの恰好じゃだめね）

ふと猛虎のことを思い出す。着飾った雪媛を見て、他の男には見られたくない、と不機嫌そうに言った時のなんともいえない表情。髪をくしゃくしゃにして満足そうにしたあの顔。

くすり、と思わず笑う。

（子どもみたい――）

その時、ぬっと背後から手が伸びてきた。

それに気づいた瞬間、口を塞《ふさ》がれ羽交い締めにされて、身体を硬直させる。

「――!?」

体が浮く。足をばたつかせた。しかし強い力で引っ張られ、持ち上げられる。

「う……うぅ……っ！」

悲鳴を上げることもできない。雪媛を襲った誰かは小路を抜け、そこに停まっていた馬車に雪媛を押し込める。

「――何するの！」

ようやく口から手が離れ、叫び声を上げた。するときらりと冴《さ》えた光を帯びた短刀が、目の前にすっと突きつけられる。

その短刀を持つ見知らぬ男が乗り込んできて、険しい表情で言った。

「静かにしていろ」

雪媛はごくりと唾《つば》を飲んだ。出せ、と男が馭者《ぎよしや》に命じる。

身体が震えた。

秋海の顔が浮かぶ。猛虎の顔が浮かぶ。

どこへ連れていかれるのだろうか。それからどうなるのだろう。

嬲《なぶ》られ殺されるのだろうか。

（絶対、嫌――！）

雪媛は渾身《こんしん》の力で、思い切り男に体当たりした。

「――うっ」

「助けて！　誰か！」

声を上げながら外へ出ようとする。しかしすぐに腕を摑《つか》まれ引き戻されてしまった。

「おとなしくしていろ！　傷をつけるなと言われているんだ！」

「放して！　誰かたす……！」

ぐいと口に布を噛まされる。猿轡《さるぐつわ》をされ、手足を縛られそうになるのを必死に抵抗した。

（誰か……お願い、気づいて！）

「――おい、何をしている！」

外から声がした。

雪媛を縛った男が舌打ちした。馬車の覆いを払って誰かが乗り込んでくるが、逆光でその影だけが見えた。人影は雪媛の姿に気づくと、外に向かって声を上げた。

「拐《かどわ》かしだ！　おおい、誰か衛士《えじ》を呼べ！」

「――くそっ」

男は闖入者《ちんにゅうしゃ》に飛びかかり、中へと引きずり込む。片腕で首をぎりぎりと締め上げながら、

「早く出せ！」と指示を飛ばした。馬車が走りだす。

男に組み敷かれたのは線の細い青年だった。首を絞めつけられ苦悶《くもん》の表情を浮かべてもがいている。しかしやがて、くたりと身体の力が抜けたように動かなくなった。

雪媛はぞっとした。

がくがくと震えている雪媛を尻目に、男は苛立《いらだ》たしげに唸った。

「ああ、畜生！　余計な荷物が増えた」

その声に更に体が震える。

馬車は速度を上げ、がたごとと進んでいった。

七章

馬車に揺られながら、生きた心地のしない時間は永遠にも思えた。雪媛《せつえん》は俯《うつむ》いて、動かなくなった青年の投げ出された白い手を見つめていた。

(助けようとしてくれたのに……私のせいで……)

巻き添えにしてしまった。自分が助けを求めなければ、こんなことにはならなかった。

後悔ばかりが胸の中を渦巻く。

やがて馬車が止まるのを感じて、雪媛は身を強張《こわば》らせた。

「おい、こいつを運んでくれ」

男が外に声をかけると、別の男が現れて青年の様子を窺《うかが》った。

「殺したのか?」

「生きてる。気を失っているだけだ」

「こんなのを連れてくるなんて、何を言われるか……」

「顔を見られたんだ。捨て置けないだろ」

そのやりとりを聞いて、雪媛は心底ほっとした。

（生きてるのね……よかった！）

雪媛も外へと担《かつ》ぎ出された。一体ここはどこなのか、とあたりを見回したがすでに日は落ちており、周囲には灯《あか》りが何もなく真っ暗だ。

都の外に出たであろうことは確かだった。風にそよぐ木々の音だけが聞こえてくる。人《ひと》気《け》は一切ない。

男たちが手にした小さな灯りで、古びた小屋がひとつ、ぽつんと建っているのが確認できた。彼らは雪媛と、気を失ったままの青年をその中へと連れていく。空き家になって随《ずい》分経《ぶんた》つらしく、内部は埃《ほこり》を被《かぶ》った桶《おけ》や縄などが散乱している。

雪媛を端に座らせると、男は猿轡《さるぐつわ》を外した。

「叫んでもここじゃ誰も来ない。が、うるさいのは面倒だからおとなしくしていろよ」

「……………あなたたちは、誰なの」

「ただ雇われただけだ。何もしないからそう怯《おび》えるな。ここで雇い主にあんたを引き渡したらそれで終わりだ。もうすぐ来るはずだからそれまでじっとしていてくれ」

青年も縄で手足を縛られ、雪媛の傍《かたわ》らに転がされた。

「雇い主って……誰」

雪媛は震える声で尋《たず》ねたが、男たちは答えない。一人は見張りのために外へ出ていき、もう一人はその場に残ってこちらを監視するつもりらしかった。

(誰がこんなこと……もしかして、あの時私を追いかけてきた連中？)

以前、街中で突然呼び止められ追いかけられたことを思い出す。彼らは雪媛がどこの誰かも知っているようだった。

(もう日も暮れた……こんな時間まで帰ってこないのはおかしいと、お母様も猛虎《もうこ》殿も思うはず。きっと探してくれているわ)

助けが来るはずだ、と雪媛は自分に言い聞かせた。

こんなことが前にもあった。尹《いん》族追放令が出て、玉瑛《ぎょくえい》は一人囚《とら》われた。そこから逃げ出すことはできたが——結果、王《おう》将軍の刃《やいば》にかかった。

思い出して身震いする。刺し貫《つらぬ》かれた胸の痛みが蘇《よみがえ》ってくる。嫌な思い出を追い払うように、雪媛は頭を振った。

(あの時は助けなんてなかったし、来るとも思わなかった。誰も私を助けようなんて思いもしなかったんだから。——でも、でも今は違う)

「う……」

微《かす》かに声がして、雪媛ははっとした。

青年の身体がひくりと動き、うっすらと瞼《まぶた》を開く。茫洋《ぼうよう》とした眼《まなこ》が天井を見上げた。雪媛は不自由な手足をじりじりと動かして、彼のほうへなんとか近づこうとする。

「大丈夫ですか？　痛みますか？」

「…………」

状況が飲み込めない様子で、青年は身じろぎした。自分の身体の異変に気づいたのか視線を動かし手足が縛られていることを悟ると、驚いたように顔を上げた。入り口付近に腰を下ろして二人を見張っている男の姿を目にし、ああ、と嘆息《たんそく》する。

「面目《めんぼく》ない。助けるどころか一緒に捕まってしまったのか……」

「いえ、あの、こちらこそごめんなさい。巻き込んでしまって……」

青年は不器用な恰好でなんとか上体を起こすと、ふうと息をついた。

「いや。こちらが勝手にしたことだから気にしなくていい。取っ組み合いなんて、とんと不得手なもので……」

そう言いながら、見張りの様子を窺《うかが》う。二人の会話を気にする素振りは特になかった。暇《ひま》そうに目を擦《こす》っている。

雪媛は目を覚ました青年の顔を見て、妙な気分になった。なんだか知っている人のような気がしたのだ。

「今はどういう状況かな」

「誰かを待っているみたいです……私を、その誰かに引き渡すんだ、と言っていました。あの人たちは雇われただけだって」

「ふうん……その誰かに心当たりは？」

「いえ……」

すると青年は、雪媛の顔をまじまじと眺めた。

「君、女の子？」

雪媛は今更ながら、自分が男装したままであることを思い出した。

「あ……ええ、はい」

するとようやくすっきりした、とでもいうように青年が笑みを浮かべる。

「ああ、どこかで見たことあると思ったんだ。川原で会ったよね」

「え？」

「釣りしてる時に」

「…………あっ！」

雪媛も思い出した。知っているような気がすると思ったら、あの時追われていた雪媛を助けてくれた青年だった。

「あの時の……」

「奇遇だね」

「あ、あの――その節は本当にありがとうございました」

「いやぁ、結局今はこのざまだから、情けないけど」

青年は苦笑した。

「俺は朱江良《しゅこうりょう》という。君は？」

「雪媛……柳《りゅう》雪媛です」

「雪媛殿か。こんな状況で一人じゃなくて心強いよ」

そう言いつつも江良の様子はどこか泰然《たいぜん》としていて、その落ち着いた態度に、こちらもだんだんと冷静になってくる。

窓の外がすっかり暗くなっているのを確認して、江良が突然思い出したように声を上げた。

「あ、しまった」

「え？」

「友人の家に行く途中だったんだ。今日中に渡す約束のものがあって……怒っているだろうなぁ」

「ごめんなさい……。大事な約束だったんですね」

「いや、ただの恋文《こいぶみ》の代筆」

「……恋文」

「恋の詩を書いてほしいと頼まれたんだけど……まぁいい。本来自分で書くべきものだよ。これが運命だったたんだろう」

うんうん、と一人納得するように頷《うなず》いた。

「詩が得意なんですか？」

「嗜《たしな》む程度だけどね」

雪媛は江良の身なりから、なかなかの良家の子息だろうと推察した。

(この人も、行方《ゆくえ》が知れなくなれば家族が探すはずだわ)

そう考えると少し心強かった。

その時、雪媛のお腹《なか》が鳴る音が小さく響いた。かあっと顔を赤らめる。もう夕餉《ゆうげ》の時間を過ぎているのだろう。

(ああ、この身体ときたら、すっかり贅沢《ぜいたく》に慣れてしまったんだわ)

「お腹が空《す》いたねぇ……」

江良が淡々と同調し嘆息する。

「あー、本当なら今頃紅何房《こうかぼう》の高級点心盛り合わせで至福の時を過ごしているはずだったのに……紅何房には行ったことある？」

「いえ……」

「それは重大な人生の損失だ！　あそこは何を食べても絶品なんだよ。よし、この窮地《きゅうち》を切り抜けられたら連れていってあげよう。互いの無事を祝って、お腹いっぱい食べようじゃないか。――あ、甘いものは大丈夫？」

ここから助かることを前提にした言いように、雪媛は思わずくすりと笑った。

「はい、食べてみたいです。甘いものは好きです」

「よかった。うちの姉たちは苦手だって言うんだよ。俺の好きなものは姉たちが苦手、姉たちの好きなものは俺が苦手でね。とことん気が合わない」

「お姉さんがいるんですね。羨《うらや》ましい……私、一人っ子だから」

江良は顔をしかめた。

「うちのような姉はお勧《すす》めしないね。姉は二人いるけど、本当にもう、子どもの頃からとことん虐《しいた》げられてきたものだよ……」

それからは他愛《たわい》のない会話をした。最近都で流行《はや》っている歌舞《かぶ》についてとか、釣りのコツとか、友人の失敗談等を江良は飄々《ひょうひょう》とした様子で語ってくれる。緊張感のなさに拍子《ひょうし》抜《ぬ》けしそうだったが、それはきっと雪媛が不安で泣きだしたりしないように慮《おもんぱか》って、あえて楽しい話をしてくれているのだった。

（この人、すごく優しい人だわ……）

以前も追われているところを当たり前のように助けてくれた。そういう人もいるということに、気持ちがどれほど救われただろう。

するとと唐突に、江良が小声で囁《ささや》いた。

「……見張りは彼だけ？」

座り込んでうつらうつらし始めた男に目線を向ける。

「あ……もう一人、外に」

それを聞いた江良はじりじりと身体を雪媛に寄せ、背を向けた。そうして後ろで縛られた手を伸ばし、同様に縛られている雪媛の手首を探る。巻かれた布をなんとか解こうとしているようだった。雪媛は見張りに気づかれないかとはらはらした。舟をこいでいる男は、こちらを見ていない。

「あ、あの、無理しないでください……」

「……うん、なかなか難しいものだねこれは……見えないし、固いし、手は痺《しび》れてるし……でも、もうちょっとでなんとか……」

互いに囁くように言い合う。

「……この間君を追い回していた連中も、今日こうして君を攫《さら》ったやつらも、皆この瑞燕《ずいえん》国《こく》の人間だ。君たちの国を滅ぼした上に、恭順《きょうじゅん》して暮らす君にこうして何度も嫌な思いをさせている。同胞《どうほう》として、申し訳なく思うよ」

「…………」

「いつか必ず、君たちが気兼ねなく往来《おうらい》を歩ける日が来る。――そういう国にしたいと、俺は思ってる」

「え……？」

「すぐにすべてが変わることは難しい、特に人の心は。でも時間をかけて、少しずつでも積み上げていけば、いつか……そうだな、五十年後には多少なりとも、何かが変わっているはずだよ」

五十年後、と聞いて雪媛はどきりとした。今から約五十年後、玉瑛《ぎょくえい》が生きる時代。何も変わってなどいないどころか、むしろ状況は悪化していた。

はらり、と手首から圧迫感が消えた。

「！」

布が解け、手が自由になったのだ。痺れた手を摩《さす》りながら、見張りの様子を窺う。眠りこけていて、気づいていない。

雪媛は自分の足の拘束を解くと、すぐに江良の手を自由にしようとする。こちらは固い縄で縛られていて、少々骨が折れた。

結び目が緩《ゆる》み、小さく歓喜の声を上げた瞬間、人の声が外から響いてきた。

「怪我《けが》をさせていないだろうな」

「はい、もちろんです」

二人はぎくりと顔を見合わせた。その声に、見張りが目を覚ます。

雪媛は慌《あわ》てて布を拾い上げて手足を後ろに回し、まだ拘束されているふうを装《よそお》った。江良もまた、緩んだ縄を隠して何事もなかったように涼しげな表情で座っている。

音を立てて戸が開く。

入ってきた人物を見て、雪媛は愕然《がくぜん》とした。

「……原許《げんきょ》殿？」

柳原許は雪媛を一瞥《いちべつ》すると、その横にいる江良に気づいて眉を寄せた。

「あれは？」

「それが、現場にちょうど居合わせたやつで……騒がれたんで連れてきました」

江良が雪媛に囁く。

「知り合い？」

「…………私の一族の、長です」

そうして原許に向き直り、雪媛は声を上げた。

「これはどういうことですか、原許殿！」

「長の命に背《そむ》くからだ。お前も、お前の母親もな」

「罰を与えるとでも？」

「お前の後宮《こうきゅう》入りの日取りが決まった。十日後だ」

「行かないと言っているでしょう！」

「──行くんだ」

有無《うむ》を言わせぬ口調だった。

「それまで、お前には私の目の届く場所にいてもらう。母親のもとに返すつもりはない。居場所も決して知らせぬ」

「そんな……！」

「すべて支度はこちらで整える。お前はただ待てばいい。……何もこのあばら屋に監禁するなどとは言っていない。きちんとした家を用意し、侍女《じじょ》もつける」

「そんなこと、お母様も猛虎殿も、黙っているはずがありません！」

「そうであろうな。だが、どれほど騒いだところで無駄だ。すでに陛下《へいか》から正式な命《めい》を賜《たまわ》ったのだ。これを反故《ほご》にするようなことがあれば一族郎党すべてに重い罰が下されよう。お前は母親が処刑されてもいいのか？」

「…………！」

怒りと無力感で身体が震えた。

（そのために……？　私を後宮へ入れるために、こんなことを……？）

「――私はただの通りすがりの者ですが」

江良が言った。

「一言よろしいでしょうか。なるほど、聞いている限り状況は理解できた。一族の長が命じるなら、彼女がそれに従うのは道理です。私も嫡男《ちゃくなん》ですから、いずれ我が家を継ぐ者として、私の命に従わない者がいればそれを許すつもりはありませんからね。あなたの言うことはもっともなことのようだ」

　その言葉に、雪媛は胸がつかえるような感覚がした。

　すると江良は厳しい目で原許を見据えた。

「しかし……僭越《せんえつ》ながらこのやり方には同意しかねます。嫌《こじ》がる者を誘拐、監禁し、親の意向も無視して事を進めるとは。長殿、このように話が拗れたこと自体が、あなたの力の至らなさを物語っているのでは？　しかもこんな輩《やから》を雇って力でねじ伏せようとするなんて、私だったら恥ずかしくて先祖に顔向けできません」

　原許は僅《わず》かに頬を引きつらせたが、しかしこの挑発に乗る気はなさそうだった。

「ただの通りすがりなら黙っていてもらおう」

「では、ただの通りすがりはもう帰してもらえませんか？」

「そなたにはしばらくここにいてもらう。この娘が無事後宮に入るまではな」

「そんな……この人は何も関係ないのに！」

「その足で柳家に駆け込まれては困るからな」

　江良は少し思案《しあん》する顔になる。

「ここで見聞きしたことは決して他言しません。それでどうです？」

「だめだ」

「ですがこのままでは、あなたの仰《おつしや》るようにいずれ私が解放された暁《あかつき》には、私は私を誘拐した罪であなたを訴え出るでしょう。それでもいいのですか？　これでも一応それなりに名のある家の跡取りなので、あなたに科せられる罰は決して軽くないですよ」

「……せめて生かしてやろうと思っていたのに」

原許が憐《あわ》れむように言って、見張りの男に声をかける。

「あやつを殺せ」

「――やめて！」

雪媛は叫んだ。

男が短刀を手に近づいてくる。雪媛はぱっと江良を庇《かば》うように身体を投げ出した。

「絶対にだめ！」

「どけ」

雪媛は拘束されているふりをやめ、伸びてきた腕を思い切り両手で払った。反撃を予期していなかった男は、驚いてよろめく。その隙《すき》を逃さず、今度は江良が男に飛びかかった。短刀を持つ腕を押さえつけながら、「逃げろ！」と声を上げる。

一瞬躊躇《ちゆうちよ》したが、雪媛は駆けだした。二人が縛られていると思い込んでいた原許は、驚いておたおたとしている。

「外に出るぞ、捕まえろ！」

途端に目の前に壁が現れた。外にいたもう一人の男の胸だ。

腕を捻《ひね》られ、雪媛は悲鳴を上げる。

「怪我をさせるな！　皇帝へ献上《けんじょう》する身体だ、傷ひとつあってはならぬ！」

ずるずると中へ引き戻される。

見れば江良もまた、押さえ込まれて身動きができなくなっていた。

「お願い、その人を殺さないで！　帰してあげて！」

「……お前が今後口答えせず、おとなしく後宮へ入るというならそうしよう」

原許の言葉に、江良がはっとして顔を上げる。

「お前が後宮へ入るのを見届けて、この男も解放する。それでどうだ」

雪媛は絶望的な気分で、江良と原許の顔を交互に見た。

「それは……」

「そういう汚いやり口にこの身を利用されるのは我慢なりませんね」

江良が不愉快そうに言い放つ。

男の短刀の刃が江良の首に当てられる。

「……やめて！」

雪媛は悲鳴を上げた。刃が皮膚に食い込み、わずかに血が滲《にじ》むのが見えた。

「やめて、お願い！　後宮へ行きます！　だからやめて！」

「――やめろ」

原許が静かに言った。江良の首から短刀が離される。

「娘を馬車へ。男はここから出すな」

そのまま、雪媛は外へと引きずり出された。後をついてきた原許を雪媛は睨みつける。

「本当に、約束を守るのでしょうね？」

「もちろんだ。私も無益な殺生などしたくない」

「では……では後宮へ入る日に、一目でいいから彼に会わせて」

雪媛は強い口調で言った。

「彼が無事だと確認できなければ、私は自分で自分の顔に傷をつけます。そうなれば、皇帝から気に入られることなどあり得ないでしょう」

「……わかった、そうしよう。さぁ、乗れ」

先ほどとは違う馬車が停まっていた。原許のものだろう。

踏み台に足をかけながら、闇の向こうの小屋を振り返る。

馬車に乗り込み、目を瞑《つぶ》った。ぎゅっと拳を握りしめる。猛虎の、温かく大きな手を思い出す。抱きしめられた時の腕を。その笑顔を。

結局自分は定められた歴史の中で、その流れに抗《あらが》うことはできないのかもしれなかった。

原許が雪媛のために用意したのは、都の外れに建つこぢんまりとした家だった。言った通り、侍女がつけられてあれこれと雪媛の世話をした。特に髪や肌の手入れに力を注いでいる意味を考えると、暗澹《あんたん》たる気持ちになった。

逃げ出したい、と思う。しかしそうすれば江良はどうなるかわからない。江良だけではない。ここで雪媛が逃げれば、確実に皇帝の命で柳一族に対する罰が下されるだろう。自分だけが罰を受ければいいなら、それでもいい。しかし、秋海《しゅうかい》や猛虎たちを巻き込むことだけはできない。

窓の外に目を向ければ、雪媛が逃げ出さないよう見張りをする下男たちの姿があった。世話をしてくれる侍女も当然見張りの一人だ。その侍女は毎日、雪媛の髪に椿油《つばきあぶら》を付け幾度も梳《くしけず》る。その間、雪媛はぼうっと鏡に映る自分の姿を眺めた。

柳雪媛の姿を。

(これは、私じゃない……)

後宮入りの日は、すぐにやってきた。

雪媛は念入りに化粧をされ、髪を結われ、この日のために誂《あつら》えられた薄青の衣《ころも》を纏《まと》った。

「まぁ、本当に輝くばかりにお美しいですわ」

侍女が惚れ惚《ほ》れ《ぼ》と嘆息する。

鏡を覗けば、確かに大層美しく艶《つや》めいた娘がそこにいる。

（……この姿を見るのは、猛虎殿じゃない……）

今から自分は、この国の皇帝、史書でしか知らないその人のものになるのだ。

吐きそうな気分だった。心の中に暗雲が満ち、ぐるぐると獣のようにのたうち回った。

必死に言い聞かせる。

（いいえ、違う……私じゃない……柳雪媛よ。この身体は私のものじゃない……どう扱われたって平気。これは私じゃないんだから……そうよ、辛《つら》くなんかない。お母様だって猛虎殿だって、私とは関係のない人……柳雪媛の母親と許婚《いいなずけ》で……私のじゃない）

ぱたり、と何かが零《こぼ》れ落ちて、大きく開いた白い胸元を濡らした。

いつの間にか、涙が頬を伝っていた。

「まぁ、お化粧が崩れてしまいます！　どうか泣くのはおよしくださいませ！」

侍女が慌てて涙を拭《ぬぐ》い、化粧を直そうとする。雪媛は手でそれを遮《さえぎ》った。

「あっちへ行って……」

「いけません、もうすぐ出立《しゅったつ》の時間……」

「いいから行って！　一人にしてちょうだい！」

侍女はたじろいだ。この家に来てからはずっと人形のようにおとなしく言いなりだった雪媛が、突然こんなふうに声を荒らげたので驚いたのだろう。

「……す、すぐそこにおりますから、何かあったらお声掛けを」

少し逡巡《しゅんじゅん》し、侍女は渋々部屋を出ていった。

雪媛はその場に崩れ落ちるように膝をついた。

行きたくなかった。歴史通りに事が進んで、あの未来がやってきてしまうことが怖い。

そして何より、男に――猛虎以外の男に――触れられることを、想像したくなかった。

ぎゅっと自分の身体を抱くように腕を回す。

「助けて……」

涙が次々に零れ落ち、床に染《し》みを作る。

「お母様……猛虎殿……っ」

しかしその小さな声は空気に消え入り、誰の耳にも届かなかった。

雪媛を呼ぶ声が聞こえる。出立の時間だ。

雪媛はゆらりと立ち上がると、涙を拭いた。侍女が急いで化粧を直してから門を出ると、見送りに原許がやってきていた。

「雪媛、そなたの父もそなたを誇りに思うはずだ。立派に務めを果たせ」

「……約束を、守ってください」

無表情でそう返すと、原許は頷いた。

「道すがら、あの男の姿が見えるよう手配しておいた。その場でやつは解放する」

雪媛はこくりと頷くだけだった。

「……雪媛」

原許の声音が少し変わった気がした。彼の表情が、僅かに変化する。その目には、良心の呵責《かしやく》が揺れて浮かんでいるように思えた。

「わかってくれとは言わぬ。だが私は……最善と思うことをした」

何も言わず、雪媛は用意された輿《こし》に乗り込んだ。

「……身体には、気をつけなさい」

原許が、小さく言った。

出せ、と原許が命じると、担ぎ手たちが輿を持ち上げた。雪媛は窓を開き、小さくなっていく原許の姿をしばらく眺めていた。やがてその姿も遠ざかり、すっかり見えなくなる。それでも雪媛は、そのまま流れる風景を目で追った。

角を曲がり、大通りへと出る。そこで、こちらを向いて立っている人物に気づいた。

江良だ。雪媛は思わず身を乗り出した。見る限り、どこも怪我はしていない。少し疲れた様子ではあるが、元気そうだった。

（よかった……）

彼との再会はほんの一瞬だった。輿はすぐにその前を通り過ぎていき、雪媛はまた、一人になった。

通りの彼方《かなた》に迫ってくるのは、天を衝《つ》くような高い高い石の城壁。

瑞燕国の皇宮《こうぐう》が近づいてきていた。

雪媛の行方がわからなくなり、すでに十日が過ぎている。秋海はがらんどうの雪媛の部屋の中で、頭を抱《かか》えて重い息をついた。

秋海も猛虎も尚宇《しょうう》も手を尽くして探したが、消息は一向に摑《つか》めずにいた。

「文《ぶん》家の近くで、拐《かどわ》かしだと叫ぶ男の声を聞いた者がいるそうです。雪媛様は、誰かに連れ去られたのでは――」

街で聞き込みをしてきた尚宇が青い顔をして報告してきたのは、雪媛がいなくなって三日目のことだ。だがそれきり、手掛かりは途絶えてしまった。

原許にも協力を請《こ》い雪媛を探してもらったが、目ぼしい報告はなかった。

秋海は娘の衣を手に取り、ぎゅっと掻き抱いた。このまま見つからなかったら、一体どうすればいい。

(旦那様……どうかあの子を守って……)

「奥様、お客様です」

丹子《たんし》がやってきて、おずおずと声をかけた。

「……客？　どなた？」

「朱江良様という方で……あの……雪媛様のご友人だ、と仰《おっしゃ》っているのですが」

「……え？」

秋海は訝《いぶか》しんだ。名前に聞き覚えはないし、この都に雪媛の友人がいるとも思えない。

「お引き取り願いましょうか？」

「……いいえ、お通しして。それから猛虎殿を呼んで、部屋の外に待機させてちょうだい」

「は、はい」

秋海は怪《あや》しみつつ応接間へと向かった。一体どんな魂胆でやってきた人物だろうか。雪媛が行方不明と聞きつけて、何かよからぬことを企《たくら》んでいるのかもしれない。もしくは、雪媛を攫《さら》った者からの使いか。

（なんであれ、あの子の手掛かりが掴めるかもしれない……）

待っていたのは年若い青年だった。その涼しげな顔に、やはり見覚えはない。

青年は秋海が入ってくると、ぱっと立ち上がり礼を取った。

「突然の訪問をお許しください、奥様」

「……娘の知り合いだとか」

「朱江良と申します」

「どういったご用件かしら？」

「………………」

すると江良はおもむろに膝をつき、秋海に向かって深々と頭《こうべ》を垂れた。

「……申し訳、ございません」

秋海は驚いた。

「あの――？」

「私のせいで……ご息女を望まぬ立場に追いやってしまいました」

「え？」

「雪媛殿は、本日、陛下の後宮へ入られました」

絶句し、秋海は立ち尽くす。

「……な……」

意味がわからず、呆然とする。

「後宮……？　そんな……どうして……」

どん、と音を立てて扉が開く。控えていた猛虎が飛び込んできて、江良に詰め寄るとその胸倉を摑んだ。

「どういうことだ……雪媛に何をした！」

江良はされるがままになっていたが、それでもその表情はどこか冴《さ》え冴《ざ》えとし、落ち着いた口調で言った。

「すべてお話しします。……そして、この命を救われた恩を返すために参りました」

八章

輿《こし》が止まった。担《かつ》ぎ手の肩から、ゆっくりと石畳の上へと下ろされていくのを感じる。

ついに来てしまった。絶対に来てはならない場所へ。

雪媛《せつえん》は息を詰めた。輿にかけられた覆《おお》いが上げられると、恐る恐る足を踏み出し、外へと出る。

目の前には門がひとつ。その前には無表情の女官たちが待ち構えていた。

「――お待ちしておりました。こちらへ」

中央に立った年嵩《としかさ》の女が、雪媛を門の向こうへと促《うなが》す。暗澹《あんたん》たる気分でその門を見上げた。囚人が処刑台に向かうのはこんな気分だろうか。

「何をしているのです。早くこちらへ」

絶望的な思いを噛みしめながら、雪媛は覚束《おぼつか》ない足取りで門を潜《くぐ》った。

(ここが、後宮《こうきゅう》……)

思わず天を仰ぐように周囲を見回す。

陽光を弾《はじ》いて輝く鈍色《にび》の瓦《かわら》屋根、長い回廊に並んで揺れる朱塗りの釣り灯籠《どうろう》、足元に視線を落とせば掃き清められた真白い石畳、時折垣間《かいま》見《み》える翠緑《すいりょく》の庭園、花の芳香、行き交う宮女たちが風に翻《ひるがえ》す鮮やかな衣《ころも》の色、纏《まと》う香の匂《にお》い——。

美しく華やかな異世界に迷い込んだようだ。それでいて、すべてがよそよそしく感じる。

(なんだか、人が暮らす場所だと思えない……)

案内役の女は無言のままつかつかと先を行くので、雪媛は置いていかれないようにと足を速めた。いくつもいくつも、似たような塀《へい》と門が無限のように続いている。迷路の中を進むようで、もはや雪媛は最初に入ってきた門へたどり着ける自信がなかった。

徐々に周囲から人気《ひとけ》がなくなっていくように思えた。しんと静まり返った空気の中、石畳を歩く自分の足音がやけに甲高《かんだか》く耳に響く。

空を見上げる。日の方角から、どうやらひたすら西へ向かっているらしい。

(後宮って……美女が何千人も暮らしているというから人で溢《あふ》れているかと思っていたけど……)

このあたりはなんだかひどく、うら寂《さび》しい。

「——こちらが柳才人《りゅうさいじん》のお住まいです」

女がようやく立ち止まった。

才人とは、妃《きさき》の位《くらい》のひとつだ。柳雪媛は最終的に皇后《こうごう》に次ぐ四妃《しひ》のうちの貴妃《きひ》にまで登り詰めたはずだが、この時はまだ新入りだから低い位なのだろう。

入り口の扁額《へんがく》には『雅温宮《がおんきゅう》』と記されていた。中へ入ると、庭を挟んで西側の建物に案内された。

「こちらの西配殿《せいはいでん》をお使いください。東《とう》配殿には白《はく》才人がお入りになっています」

「……ほかにもここに住んでいる人がいるの？」

尋《たず》ねると、女は少し馬鹿にしたような目をした。

「当然です。四妃様のようなご寵愛《ちょうあい》を受けられた位の高いお方でない限り、側室の皆様はこうして一つの宮殿に共同でお住まいになられます」

（柳雪媛にも、下積み時代があったのね……）

雪媛が割り当てられた部屋の前には、一人の宮女が立って待っていた。

「お待ちしておりました。鷗頌《おうしょう》と申します。柳才人にお仕《つか》えいたします」

まだ年若く、雪媛よりも年下に見える。

「では私はこれで。――鷗頌、頼みましたよ」

案内してくれた女はそのまま去っていき、鷗頌が扉を開けて雪媛を請《しょう》じる。

「どうぞ。お部屋は整えてございます」

「……ありがとう」

部屋の中には最低限の調度は置かれていたが、どれも古びていて、長いこと使われていなさそうだった。日当たりも悪く、内部は暗く陰気な雰囲気に思える。

恐らく後宮の中でも、あまりよくない場所を割り当てられたのだろう。そもそも方位からして、西は東に劣る。後宮の西の宮殿、その更に西の居殿《きょでん》を与えられるというのはそういうことだ。ここへ来る途中、人気《ひとけ》がなくうら寂しい場所と感じたのも納得がいく。

(歓迎されていないのね……当然だわ。私はただの、亡国の遺民からの献上品《けんじょうひん》なんだから)

「あの、柳才人。白才人には早めにご挨拶《あいさつ》に伺《うかが》われたほうがよろしいかと」

「……そうね」

ともに暮らす隣人だ。最低限の礼節は必要だろう。

(ここで……暮らしていく……)

そう考えるだけで気が重かった。あの高く延々と続く塀の向こうには、もう出ていくことはできないのだ。

(お母さまにも会えない……猛虎《もうこ》殿にも……)

陰鬱《いんうつ》な思いを抱《かか》えたまま雪媛が外へ出たちょうどその時、東配殿の扉がぱっと開いた。

小柄で可憐《かれん》な少女が顔を覗《のぞ》かせる。雪媛に気がつくと、嬉しそうに笑顔を浮かべた。

「まぁ、柳才人ですね？」

軽やかに駆け寄ってくると、雪媛の手を取ってにっこりと微笑む。薄桃のふわりとした衣を纏う姿が春風のように感じられ、陰鬱な部屋との対比に雪媛は思わず瞬《まばた》いた。

「初めまして。お隣さんができて嬉しいわ！　私は白柔蕾《じゅうらい》と申します。どうぞ柔蕾と呼んでください」

「……初めまして。柳雪媛と申します」

「あら、堅苦しいのはなしで結構ですわ。私のほうが年下だと思いますもの。今年で十六になりました」

にこにこと柔らかな笑みを湛《たた》える少女に、雪媛は好感を持った。

「では、柔蕾……よろしくね」

「私も最近後宮入りしたばかりなんです。だから心細くって……しかもこの雅温宮には私しかいなかったんですもの。ただでさえ後宮の端、陛下のおられる宮殿からは一番遠い場所ですから、人もほとんど通らないし、夜になると寂しいやら怖いやら……」

「ここはそんなに端なの？」

「ええ、ここにいたら陛下とお会いする機会なんてそうそうありませんわ」

柔蕾はがっかりしたように肩を竦《すく》める。

「……そうなの」

対照的に、雪媛は胸の内に僅《わず》かな希望を感じた。

ならば、ずっとここで隠れるように暮らしていればいいのではないだろうか。そうすれば皇帝の目に留《と》まることなどない。柳雪媛は日陰者の、名もない一側室として終わるだろう。歴史通りに皇帝の寵姫にならずに済む。

（そうよ……そうすればいいんだわ。静かに、目立たないように過ごしていれば……）

そうなれば――この身に触れられずに済む。

「――まるで陛下にお会いできさえすれば、見初《みそ》めていただけるような物言いだこと」

嘲《あざけ》るような声がした。

一人の少女が門を潜り、つかつかとこちらへ近づいてくる。

「富美人《ふびじん》……」

柔蕾が少し気後《きおく》れしたように表情を曇らせた。

「白才人は、随分《ずいぶん》自信があるのねぇ」

「そういうつもりではありませんわ……あの、柳才人、こちらは貞弦宮《じょうげんきゅう》にお住まいの富美人です。私とは入宮の時期が一緒で……」

富美人は雪媛に目を止めると、上から下まで検分するようにじろじろと眺めた。

「あなたが新入り？」

富美人も雪媛よりは年下に見えた。しかしあからさまにこちらを見下すような態度だ。

「はい、柳雪媛と申します」

「聞いてるわ、蓬国《ほうこく》の王族だったそうね。――私の叔父《おじ》はこの国の兵部尚書《ひょうぶしょうしょ》よ。もっと他に、挨拶の仕方があるんじゃない？」

柔蕾が富美人の言いように僅《わず》かに眉を寄せた。

(こんなところで諍《いさか》いなど起こして、変に人目を引くわけにはいかない……)

この後宮で、目立たず騒がず、ひっそりと生きる。残された道はもうそれしかないのだ。

雪媛は慇懃《いんぎん》に腰を落とし、丁寧《ていねい》な礼を取った。

「――富美人にご挨拶申し上げます。ご機嫌麗《うるわ》しゅう」

富美人は侮《あなど》るようにうっすらと笑う。柔蕾が気まずい雰囲気を破るように、あえて朗《ほが》らかに言った。

「富美人、今度の宴《うたげ》では歌を披露《ひろう》されるとか。美声で名高い富美人ですもの、楽しみにしております わ」

「陛下《へいか》に捧《ささ》げる歌よ。あなたに聞かせるためじゃないわ」

「宴……があるの?」

雪媛が尋ねると、柔蕾は頷《うなず》いた。

「四妃様が主催される宴なんです。陛下もお出ましになるそうですわ。私、陛下に直接お会いするのは初めてで……緊張します」

「後宮中の妃が出席するのよ。あなたなんか、陛下は目もくれないわよ」

可笑《おか》しそうに富美人が言った。

「あなたの出し物は舞ですって? せいぜい陛下の前で無様な恰好を晒《さら》さないようにね」

「ええ、しっかり練習しておきますわ」

嫌味に対してにっこりと微笑み返す柔蕾は、案外気が強いのかもしれなかった。富美人はその手ごたえのなさにむっとして、今度は矛先《ほこさき》を雪媛へと向けた。

「そちらのあなたは原始的なお国の品のない踊りでも見せるつもり？　あなたみたいのが来ると後宮の品位が地に落ちるわ」

「――そうですね、やめておきます」

雪媛も冷静に受け流す。

富美人は気に食わなそうな目で雪媛を睨《にら》みつけた。そうしてそのまま無言で、ぷいと身を翻して門を出ていってしまった。

彼女の姿が見えなくなると、ほっとしたように柔蕾が胸を撫で下ろす。

「ああ、彼女ったらいつもああなんですよ。自分が兵部尚書様の姪《めい》だからって高飛車な態度で……同期の私には特によく突っかかってくるんです。気にしないでください」

「ええ……」

「さっきの宴の話ですけど、十日後の予定なんです。柳才人も招待されるはずですわ。四妃様から、その日は皆それぞれ一芸を披露せよとの仰《おお》せなんです」

(宴……そこに皇帝が来る……)

せっかく人目につかない場所で暮らしていけることになったというのに、そんなものに出席しては身の破滅に繋《つな》がりかねない。

「私、入宮したばかりだし……欠席できないかしら。どうしたらいいかわからないわ」

すると柔蕾は驚愕《きょうがく》したように両手で頬を覆い首を横に振った。

「まぁ柳才人、四妃様方からのお誘いを無下《むげ》にするなんて！　そんなことをすれば、一体どんな仕打ちを受けるかわかりませんわ」

後半は周囲に聞く者がいないかと怯《おび》えるように、小声で囁《ささや》いた。

「四妃様方は、この後宮で一番のお力を持っていらっしゃるのです。皇后様がお亡くなりになってからは、彼女たちが陛下からの信任を得て後宮を管理していらっしゃいます。逆らうようなことは控えられませ」

四妃は皇后に次ぐ位で、貴妃・淑妃《しゅくひ》・徳妃《とくひ》・賢妃《けんひ》からなる。歴史上、柳雪媛が得た貴妃の座がまさにこれで、四妃の中でも最も最高位にあたる。

（四妃からの招待……確かに断れば変に目をつけられてしまうかもしれない）

そうであればなすべきことは決まっている。宴ではひたすら目立たぬように振る舞い、皇帝の目に決して留まらないようにするしかない。そもそも歌や舞の素養などない。秋海《しゅうかい》が付けてくれた教師に僅かに習ったが、まだまったく形にもなっていなかった。

（本物の雪媛なら、きっとこんなことも上手《うま》くこなしたでしょうね。そうして皇帝に気に入られて……）

「柳才人は何がお得意？　歌？　琵琶《びわ》？」

「いいえ、あの……私は何も……」

「まぁ、ではよろしければ、私と一緒に二人で舞を披露しませんか？」

いい考えだ、とでもいうように柔蕾は目を輝かせる。

「……ごめんなさい、舞も苦手なの」

「そんなこと仰《おつしや》らずに！　私、正直一人で陛下の前で舞う自信がなくて……想像しただけで、緊張でどうにかなってしまいそうなんです。でも二人なら、心強いですわ」

ね、と袖《そで》を引かれ、雪媛は困った。

「でも、足を引っ張ってしまうわ」

「大丈夫です！　私、簡単な振り付けを考えますから！」

お願いします、と懇願《こんがん》するように見つめられる。

（どうせ何かは披露しなければならない……それならこの子の引き立て役になるくらいが目立たなくて済むかもしれない）

「……わかったわ」

すると柔蕾はぱあっと表情を明るくし、頬を染めた。

「ああ、ありがとうございます！」

裏表のなさそうな笑顔を向けられ、雪媛は少しほっとした。後宮内の人付き合いというのは、皇帝の寵愛を争う敵同士として、足を引っ張り合う陰湿なものかと思っていたが、柔蕾はまだ後宮暮らしが浅いこともあってか、いたって普通の娘に感じられる。

同じ宮殿に暮らすのが柔蕾でよかった、と雪媛は思った。富美人のような女性とでは、さぞ息が詰まったことだろう。

「柳才人、実家から素敵な布地が届いたんです。柳才人に似合いそうなものがあったので持ってまいりました」

柔蕾は折に触れて雪媛の部屋を訪ねてくるようになった。

舞の稽古《けいこ》や衣装の相談に来る以外にも、茶を飲みながら他愛《たわい》のない話をしたり、散歩に行こうと誘ったりしてくれる。その度《たび》、雪媛は戸惑《とまど》ってばかりだった。同年代の女の子と、こんなふうに親しく接するのは初めてだ。

（友達というのは、こんな感じなのかしら……）

にこにこと楽しそうにお喋《しゃべ》りをする柔蕾の様子に思わずつられて微笑みながら、雪媛は思った。

（ううん、友達なんて勝手に言ったら柔蕾に悪いわね……彼女は私のこと、そうは思ってないかもしれないもの……）

玉瑛《ぎよくえい》であった頃から、常に同僚の少女たちからも疎《うと》まれてきた。だからこういうのはなんだか慣れないし、どこかこそばゆい気分になる。

後宮に放り込まれ、秋海や猛虎とも引き離された暗い未来しか想像できなかったが、彼女の存在があれば、ここで生きていくこともそこまで辛《つら》くはないのかもしれない、と思い始めていた。

「お菓子を作りましたの。ご一緒にいかがですか？」

その日も柔蕾は、昼下がりに軽やかな足取りでやってきた。

「まぁ、ありがとう。鷗頌、お茶を」

柔蕾の侍女が盆に載《の》せた皿を卓へ置く。お茶を出した鷗頌とともに、彼女たちは部屋から下がらせた。柔蕾と過ごす時はいつもこうして、二人きりで畏《かしこ》まらずに気楽に過ごすようになっていた。

「どうぞ召し上がって！」

柔蕾はにこにこと持参《じさん》した菓子を勧《すす》める。

「ありがとう」

ひとつ口に含むと、甘い味が口の中に広がる。

「美味《おい》しい」

「よかった！　この間、お母様からの手紙に食べ過ぎて太らないようにね、って書いてあったんです。太ってみっともない姿になったら陛下の目に留まることもありませんよって。でもここでは、食べ物くらいしか楽しみがありませんものねぇ」

「柔蕾は……やっぱり陛下のご寵愛が欲しいの？」

尋ねると、柔蕾は不思議そうな顔をした。

「後宮へ入った以上は、それ以外に持つ望みはありませんわ。柳才人は違いますの？」

「私は……できればこのままひっそり、存在も知られず暮らしたいわ」

すると柔蕾は、僅かに表情を変えた。

「もしやどなたか……心に想う方がいらっしゃるの？」

「え――」

その時思い浮かべたのは猛虎の顔だった。しかし雪媛は追い払うように頭を振る。

「いいえ、そうじゃないけれど……」

柔蕾は少し考えるように言った。

「私は、両親の期待に応《こた》えたいんです。それに、一つ下の弟がいずれ官吏《かんり》になって白家を継いだ時、私が少しでも力になってやれる立場になれたらと思っています」

「弟……」

雪媛にも玉瑛にも兄弟というものはなかった。兄弟がいたら、一体どんな気分なのだろう。

「弟さんとは、仲がいいの？」

すると柔蕾は嬉しそうに頷いた。

「ふふ、顔が私によく似ているんです。時々女の子の恰好をさせて、姉妹と偽《いつわ》って出歩いてみたりしてましたわ。でも大きくなってからは、恥ずかしがって渋るんですよ」

目の前の菓子を見つめる。

「これも、あの子が好きで……よく作ってあげました。私が後宮に入ると決まった時、お父様とお母様は喜んでいたけれど、あの子はすごく反対して……。行かないで、と最後まで駄々をこねていましたわ。困ったものです」

思い出しているのだろう、あどけない彼女の表情は、弟を見守る姉の顔に変わっていた。

「あなたのことが大好きだったのね」

「あの子には、立派になってほしいのです。私にできるのは——この後宮であの子のためにできることは、だから一つしかないのですわ」

「そう……」

「柳才人も、ご一族の期待を背負っていらっしゃるのでは？」

そう言われて、原許《げんきょ》の言葉がよぎる。あるいは、あの寺に集まった残党の皆が思うところも。皇帝の寵姫《ちょうき》になるか、あるいはその皇帝自身を暗殺するか——彼らはそれぞれを期待していることだろう。

「私は、ここでは何もしないつもりなのよ。皇帝陛下の目の届かない場所で、静かに暮らしたい。今度の宴も、やり過ごせればいいの。……でも、あなたと一緒に舞を稽古《けいこ》するのは、楽しいわ。誘ってくれてありがとう、柔蕾」

「まぁ、柳才人。そう言っていただけると私、とても嬉しいです」

照れたように笑う。

しかし柔蕾はすぐにその笑顔を引っ込めると、周囲を警戒するように視線を走らせた。

そして、そっと一通の封書を取り出した。

「あの……実は今日は、これをお渡ししたかったのです」

柔蕾は小声で囁いた。

「……？　これは？」

「柳才人宛の文《ふみ》です」

「私に？　誰から？」

「それが、私も奇妙に思ったのですが。先日実家から届いた荷物の中に入っていたのです。表の宛名は私でしたが、開いてみたら二重になっていて、柳才人のお名前が……」

雪媛はわけがわからず受け取った封書を眺めた。確かに、宛名として柳雪媛の名がある。裏返しても送り主の名は書かれていない。

「表向きの封書の差出人は、私の知人でした。その方が、私の実家にこの文を預けたのではないかと……」

「知人？」

「朱江良様《しゅこうりょう》という方です。父親同士が仲が良かったので、幼い頃からよくお世話になっていて」

「──江良？　柔蕾、あなた江良殿と知り合いなの？」

驚いて声を上げる。

「ご存じなのですか？」

「ええ──少し。彼には迷惑をかけてしまって……」

雪媛は急いで封を開いた。江良がわざわざ、柔蕾を介して送ってくれたということだろうか。あの時は、こちらの厄介事に巻き込んでしまい心底申し訳なかった。最後に僅かに顔を見ることはできたものの、その後も無事でいるだろうか。

すると、中からは書状とともに、ひとつの紙包みが出てきた。

（何だろう？）

包みを手に取り、書状を開いて文字を追った。

一瞬、息をするのを忘れた。書状を持つ手が震える。

柔蕾が気遣《きづか》わしげな目を向けてきた。

「どうかなさいました？　江良お兄様はなんて？」

「………差出人は、江良殿じゃないわ」

雪媛は息を吸い込み、もう一度その文を読み返した。

『朱江良殿から話を聞き、彼の協力でこの文をお前に届ける。

同封したのは迷魂散《めいこんさん》という薬だ。尹《いん》族に伝わる秘薬で、飲んだ者は仮死状態となるが、三日後、息を吹き返す。その効能は俺自身で幾度か試したから、信用してもらっていい。

後宮に入った女がそこを出る時は、すなわち死体となった場合のみだ。死は穢《けが》れとみなされる皇宮《こうぐう》において、死者はすみやかに外へと運び出される。

次の新月の日、この薬を飲んでほしい。そうすれば必ず、迎えに行く。

猛虎』

文をぎゅっと胸に押し当てる。

（猛虎殿――）

もう二度とここから出られないと思っていた。諦《あきら》めるしかないのだと。

それでも彼は、雪媛をなんとしてでも救い出そうとしてくれている。

「……やっぱり、想い人がいらっしゃるのね？」

柔蕾が察したように、静かに微笑んだ。

「文は、その方から？」

「…………ええ」

白くほっそりとした手が、そっと雪媛の手に重ねられる。

「では、後宮へ入るのは、お辛かったですわね……」

「柔蕾……」

「わかりました。できるだけ柳才人が目立たぬよう、宴では私も気を配りましょう」

柔蕾は頼もしく、にこりと笑う。

「その代わり、存分に私を引き立てていただきますわよ？」

雪媛もつられてふっと笑った。

「ええ、もちろん」

希望が湧いてくる。ここから、出られるかもしれない。

そして猛虎に、また、会える。

四妃主催の宴の日、雪媛と柔蕾は朝から身支度に忙しかった。お揃《そろ》いの白の衣装を纏い鏡の前に立つと、柔蕾は嬉しそうに笑った。

「まるで私たち、姉妹みたいではありません？」

（姉妹……）

雪媛は少し頬を染めた。そんな言葉もむず痒《がゆ》く気恥ずかしい。

「ああ、でも柳才人の豊かな胸が羨ましいこと。私ったら痩《や》せていてみすぼらしいわ……」

「あなたの舞を見れば、きっと誰もが目を奪われるわ」

「そうだといいのですけど。ああ、緊張してきましたわ……」

新月まであと二十日《はつか》。この宴さえ乗り切れば、雪媛はここから出られる。あの文は見つかっては困ると思いすぐに焼いてしまったが、猛虎がくれた迷魂散はお守りのように懐《ふところ》に持ち続けていた。

ただ、これを飲めば仮死状態になる、というのが怖い気もした。本当に目が覚めるのだろうか。

(猛虎殿が自分で試したと言っていたし……大丈夫とは思うけれど)

とはいえ、すでに自分は一度死を経験しているのだ。今更怖いと思うほうが滑稽《こっけい》かもしれない。

(そうよ……胸を剣で貫《つらぬ》かれるより苦しいはずがない)

思わず胸元を押さえた。

「そろそろお時間です」

鷗頌が声をかける。

柔蕾は震えているようだった。雪媛は安心させるように、そっとその手を握る。

「行きましょう」

少しほっとしたように柔蕾は頷いた。二人はそのまま手を繋《つな》ぎながら、連れ立って雅温宮を出た。

「あら、富美人だわ」

途中、前を行く富美人の姿が見えた。目ざとくこちらに気づいた富美人は、嘲るように二人を見て笑う。

「二人して随分と地味な恰好ですこと。そんなものしか用意できなかったの？」

「富美人の衣装はさすがに豪華ですわね。素敵ですわ。目が眩《くら》みそうです」

にこにこと柔蕾が言い返す。

「あなたたちにはそれくらいがちょうどいいのかしらね。宮女と間違われなきゃいいけど」

富美人はつんと顔を背《そむ》けると、さっさと行ってしまう。雪媛と柔蕾は顔を見合わせて苦笑した。

「相変わらずね、彼女」

「きっとあの方も緊張されているんですわ。私たち、随分とよい気散じになって差し上げましたわね」

おどけたような柔蕾の言葉に雪媛は笑った。

宴の会場となる宮殿の門までやってくると、富美人の衣装ですら霞《かす》んでしまいそうなほど煌《きら》びやかな女性たちが次々と集まっていた。彼女たちの艶々《つやつや》した美しい黒髪、微笑みを浮かべる唇を彩る赤い紅《べに》、輝く髪飾りの揺れる音、焚《た》かれた香の匂い、溢れかえる美女の群れは天女たちが遊ぶ様にも思える。その眩《まばゆ》さに雪媛は眩暈《めまい》がしそうだった。

（こんな中で柳雪媛は皇帝の心を摑《つか》んだの？　よくそんなことができたわね……）

本物の柳雪媛とは、一体どれほど魅力溢れる女性だったのだろう。

雪媛と柔蕾に用意されたのは会場の末席だった。階《きざはし》の上にある皇帝や四妃たちの椅子からは最も遠い。なんとも好都合なことだった。これなら、自分の姿が皇帝の目につくことはそうそうあるまい。

同じように末席扱いの富美人は、雪媛の正面の席で不服そうな顔をしていた。どれほど有力な後ろ盾《だて》があろうと、彼女も後宮の序列ではまだまだ下にいるのだ。

四妃たちが会場に現れると、皆が一斉にひれ伏した。

「そう畏《かしこ》まらないで。今日は新参の妃たちも含めて、心安く楽しむための宴よ」

美《び》貴妃が扇《おうぎ》を片手に鷹揚《おうよう》に言った。その横には風《ふう》淑妃、佟《とう》徳妃、路《ろ》賢妃が並んでいる。

柔蕾の助言もあり四妃たちには入宮してすぐに挨拶に行っていた。しかし、雪媛はほとんど相手にされないようなものだった。その時は簡単な言葉を形式的にかけられて、すぐに退出した。なんの後ろ盾もない異民族の小娘など眼中にないのだろう。

何より、彼女たちは大層美しく、賢く、そして自信に満ち溢れている。雪媛のことを気にかける道理もなくて当然だ。

(それでも、この四人の間には、水面下の争いがありそうだけれど……)

四人は立場上一緒にいることが多いようだったが、仲がいいのとは違うようだ、と雪媛は感じた。恐らく誰が一番皇帝の寵愛を得るか、常にしのぎを削っているのだろう。

四妃の席の中央には、ひとつだけ明らかに他と違う立派な椅子が用意されていた。皇帝のための席だ。だがその姿は、まだない。

「……陛下もいらっしゃるんじゃなかったの？」

雪媛は小声で柔蕾に尋ねた。

「お忙しい方だもの。途中でいらっしゃるのかも」

楽士《がくし》たちが音曲《おんぎょく》を奏《かな》で、皆が酒を口にし始めても皇帝は現れなかった。

(このまま来なければいい……)

雪媛はそう祈った。

「――さて、それでは此度《こたび》、新しく後宮に加わった妃たちが挨拶を兼ねて、各々《おのおの》得意な芸事を披露してくれる。皆、温かい目で迎えてあげておくれ」

美貴妃がそう言って、隣の風淑妃に目配せする。風淑妃は頷いて、

「ではまず初めに、富美人。前へ」

と告げた。今日の宴は主《おも》に風淑妃が取り仕切っているらしい。

富美人は優雅に立ち上がり中央へ進み出た。膝《ひざ》をつき四妃に拝礼する。

「四妃様にご挨拶申し上げます。富豆冰《とうひょう》と申します。私は歌をご披露させていただきます」

しかし顔を上げた富美人は、少し眉を寄せた。

「……あの、陛下はまだいらしておられないのですか？」

「政務がお忙しくてあらせられるのです。後《のち》ほどいらっしゃるでしょう」

路賢妃が言った。すると富美人は唇を尖《とが》らせた。

「では、陛下がお見えになってからご披露したく存じます」

周囲の妃たちが眉を顰《ひそ》め、小声で囁き合う。雪媛も驚いて柔蕾と顔を見合わせた。

四妃は皆、作り物のように美しい微笑みを湛《たた》えている。しかし、明らかにぴりりと、場の空気が凍りつく音がした気がした。

「……富美人、私たちだけでは聞き手として不足だと？」

佟徳妃がにこやかに問う。口調は柔らかいが、その意味するところは誰の目にも明らかだった。四妃以外の妃たちは身を縮め、息を殺している。

しかし富美人は何食わぬ顔で言い募《つの》った。

「私の叔父は兵部尚書の富角洞《かくどう》でございます。私は陛下にお仕えするために後宮へ参ったのです。父も叔父《おじ》も、それを望んでおりますわ。陛下にお聞かせできないのであれば、歌っても意味がありません」

雪媛はその様子にひやひやとした。なんと無礼な、と声を上げる妃もいる。

（怖いもの知らずね、富美人……）

よほど自分の後ろ盾にも歌にも自信があるのだ。

「富美人、あなた――」

風淑妃が諫《いさ》めようと言いかけたところを、美貴妃がそっと扇を上げて遮《さえぎ》った。

「わかったわ。やりたくないというのだから、無理強《じ》いはいけないでしょう」

「ですが貴妃……」

美貴妃はひそひそと何事かを扇の陰で風淑妃に囁いた。やがて風淑妃は承知したように小さく頷くと、「では、次の者に」と落ち着いた口調で言った。

富美人は満足そうに笑みを浮かべて自席に戻ってくる。

「美貴妃ってお優しいわ。あんな無礼を許すなんて……さすがに陛下からご寵愛を賜《たまわ》る方は器《うつわ》が違うのですね」

柔蕾が小さな声で雪媛に感嘆《かんたん》を漏《も》らした。

「……そうね」

「白才人、柳才人。前へ」

突然順番がすぐに来てしまい、柔蕾はびくりと体を震わせた。

「は、はい……」

「大丈夫よ、柔蕾。一緒にいるから」

「ええ……」

二人は並んで進み出ると、四妃に拝謁《はいえつ》した。

「四妃様にご挨拶申し上げます。白柔蕾でございます」

「四妃様にご挨拶申し上げます。柳雪媛でございます」

「……あなたたちはどうする？　陛下がいらっしゃらないなら、やりたくないかしら？」

佟徳妃が目を細め、優しげな口調で辛辣《しんらつ》に尋ねた。

「い、いいえ！　私たちは是非、皆様に舞を披露させていただきたく存じます！」

柔蕾がきっぱりと言った。こういう時本当に彼女は頼もしい、と雪媛は感心する。

「そう、よかったわ。では始めてちょうだい」

美貴妃が妖艶《ようえん》に微笑んで扇を揺らした。

雪媛は一歩下がって柔蕾の後ろに位置を取る。そうして手にした傘をぱっと開き、顔を隠すようにかざした。白地に薄紅色の花模様が描かれた絹の傘だ。それに対する柔蕾は、緋《ひ》色の地に白い花を描いた傘を閉じたまま、胸元に掲《かか》げ持った。

楽の音《ね》が響き始め、柔蕾が傘を片手に踊りだす。その背景を彩るように、雪媛は後方に控えながらできる限り顔が見えないように傘を回す。舞は不得手だし目立ちたくないという雪媛の意向を汲《く》み取って、柔蕾が特別に考えてくれた振り付けだった。

対照的に柔蕾は傘を開かず、幾度も軽やかに跳ね独楽《こま》のように回転した。その動きは素人《しろうと》目に見ても羽根のように軽やかで、水のように滑らかだ。宴に出席している他の妃たちも、感嘆しながら柔蕾を目で追った。四妃たちも笑みを湛えながら静かに観賞している。

長い袖《そで》が弧《こ》を描き、風を起こす。雪媛は、彼女に初めて会った時を思い出した。春の息吹《いぶき》のような、清新で初々《ういうい》しく、そして心が浮き立つ舞。

すると柔蕾は唐突に、手にした傘をぱっと頭上で開いた。

はらはらと、薄紅の花弁が雪のように降り注ぐ。事前に傘の中に、雅温宮の庭に咲いていた牡丹《ぼたん》の花を仕込んでおいたのだ。

花吹雪《ふぶき》の中で一人舞う柔蕾の姿に、周囲からは歓声とため息が漏れた。

開いた傘をゆっくりと雪媛の傘に重ね、紅白が対比するように見せながら、舞を締めくくる。上気した頰を赤く染めた柔蕾が、やりきった達成感に目を輝かせながら微笑んだ。

その時だった。

「――見事である」

低い、男の声が響く。四妃たちがはっとして立ち上がった。

入り口に姿を見せたのは、髭《ひげ》をたくわえた壮年の男性。金糸《きんし》で刺繡《ししゅう》が施《ほどこ》された濃紺の衣を纏い、悠然とした足取りで近づいてくる。

四妃と、そしてそのほかの妃たちも一斉に礼を取った。

「――陛下、拝謁いたします」

陛下、と聞いて雪媛も柔蕾も慌てて膝をついた。頭《こうべ》を垂れながらも、雪媛はその姿を窺《うかが》うように恐る恐る観察した。

（これが――景帝《けいてい》）

景帝とは死後につけられた呼び名で、本来の名は紫釉《しゆう》という。史書でしか知らない本物の皇帝を前にして、胸が早鐘《はやがね》を打つのを感じた。

柳雪媛にとっては故国を滅ぼした憎い敵、玉瑛《ぎょくえい》にとっては尹《いん》族追放令を出した皇帝の先祖。いずれにしても、決してよい感情を持てる相手ではなかった。しかし史書を読むのが好きだった玉瑛としては、大層気分が高揚した。景帝は瑞燕国史上、賢帝と名高い。その政策は国を安定させ民《たみ》を安らかにしたと評価されている。その名しか知らなかったかの有名な人物が、今まさに目の前にいるのだ。

「陛下、おいででしたか」

美貴妃が嫣然《えんぜん》と微笑んで彼を出迎える。

「舞の途中に入っていけば、気を散らしてしまうと思ってな」

用意された椅子に掛けると、景帝は柔蕾に視線を注いだ。雪媛はその容貌を眺めながら、少し意外な気分になった。皇帝というのはもっと厳《いか》めしく高圧的な物腰だと思っていたが、目の前の男性は思慮《しりょ》深そうな目をした物静かな雰囲気で、体軀も特別立派ということもなく中肉中背、威圧感もない。

「この舞姫の名は?」

「先日入宮いたしました、白柔蕾でございます、陛下」

風淑妃が答えた。

「うむ。よいものを見せてもらった。爽《さわ》やかな春風が通り過ぎたようであったな」

「——お、恐《い》れ入《しゅく》ります、陛下!」

柔蕾は畏縮《いしゅく》するように身を縮める。

「陛下、宴は始まったばかりですわ。さぁ、どうぞ」

路賢妃が景帝の杯に酒を注ぐ。

「余興はまだこれからです。では、次の者を——白才人、柳才人、お下がりなさい」

雪媛は顔を見られないよう、頭を垂れて俯《うつむ》いたまま席へと戻った。意図した通り、景帝が雪媛の存在をほとんど認識しなかったことに安堵《あんど》する。

その横でようやく緊張から解放された柔蕾がほっと息をついている。

「素晴らしかったわ、柔蕾」

「ありがとう……ああ、陛下が見ていると思っていなかったので、びっくりしましたわ」

すると向かいの富美人とぱちりと目が合った。不機嫌そうな顔で柔蕾を睨んでいる。彼女が直々《じきじき》に皇帝に褒められたことが気に食わないのだろう。

その後、宴は滞《とどこお》りなく進み、妃たちは各々の出し物を披露していった。景帝はそれを楽しそうに眺めて、四妃たちと談笑しながら酒を飲んでいた。

しかし、富美人の出番は一向に回ってこなかった。宴も終わりに近づいてきて、いい加減そわそわとしだした富美人が、たまりかねたように声を上げる。

「あの――淑妃様！」

すると風淑妃は今気づいた、というように彼女を見て首を傾《かし》げた。

「何かしら、富美人」

「わ、私の出番をお忘れでは……」

すると美貴妃が、あら、と小さく言った。

「あなた、喉の調子が悪いから今日は歌えないのだったわよね？」

「え――」

「無理をしてはいけないわ。そうでしょう、淑妃」

「ええ、そうですわ。私たちのせいで自慢の美声を潰《つぶ》してしまってはいけませんもの。またの機会に聞かせていただきましょう」

富美人は困惑《こんわく》し、そしてその言わんとするところに気づいて徐々に青ざめていく。

「そ、そんな……」

「陛下、申し訳ございません。少し気分が悪くなってしまって……恐れ入りますが、部屋へ下がらせていただきますわ」

富美人の話を打ち切るように佟徳妃が表情を曇らせて言った。すると景帝も、

「余も、そろそろ戻ろう」

と立ち上がった。

富美人が狼狽《ろうばい》するのがわかった。しかし退出する皇帝を見送るように皆が平伏し、もはや口を差し挟むことができる状況でもない。

仕方なく頭を垂れる様子をちらりと横目に見て、雪媛は僅かに憐《あわ》れんだ。美貴妃は富美人に寛容だったわけではなく、初めからこのつもりだったのだ。四妃への無礼は決して許さない。この仕打ちは、その無言の罰だった。

（やっぱり、後宮は居心地が悪いところだわ）

柔蕾と二人だけの世界だった雅温宮での暮らしは、特別だったのだ。

早くここを出たい、と思う。

（早く、新月が来ればいい――）

九章

雅温宮《がおんきゅう》に戻ると、緊張から解放されて雪媛《せつえん》も柔蕾《じゅうらい》も一気に疲労感に襲われた。着替えを済ませ、長椅子に横たわるように腰を下ろす。すると柔蕾もその横に座り、ことんと頭を雪媛の肩に預けてくっついた。

「正直、自分のことより富美人《ふびじん》の件でどきどきしてしまいましたわ。あの方、後宮《こうきゅう》でこれからどうやって生きていくつもりなんでしょう」

「他の妃《きさき》たちからも反感を買っていたわね」

景帝《けいてい》が退出した後、富美人に注がれた視線はどれも冷ややかなものだった。誰も彼女には話しかけなかったし、聞こえるように悪し様《あざま》に言う者たちもいた。耐え切れなくなった富美人は先に戻ると言って退席していった。

「今頃、泣いているかしら？」

「むしろ、四妃《しひ》の悪口を言って呪いの人形でも作っていそうね」

雪媛が少しふざけてそう言うと、柔蕾が噴き出した。

「ありそう！　……でも、さすがにちょっと可哀《かわい》そうでしたわね」

「優しいわね、柔蕾」

「彼女は同期の入宮者ですし、柳才人《りゅうさいじん》がいらっしゃるまでは一番近い隣人でしたもの。少しは情がありましてよ。それに、私にさんざんちょっかい出しにくるほど、きっと寂《さび》しかったんだと思いますから……」

「気になるなら、様子を見に行きましょうか」

そう提案すると、ぱっと柔蕾は身体を起こした。

「門前払いされないかしら」

「手土産《てみやげ》にお菓子でも持っていきましょう。会えなかったら侍女《じじょ》に渡せばいいわ」

二人は手を繋《つな》いで貞弦宮《じょうげんきゅう》へと向かった。富美人を訪ねると、侍女が出てきて今は誰にもお会いになりません、と告げた。

微《かす》かに嗚咽《おえつ》の声が漏《も》れ響いてきたので、雪媛と柔蕾は顔を見合わせる。どうやら、本当に泣いているようだ。

「富美人の歌声、今度是非聞かせていただきたいと伝えてちょうだい」

「かしこまりました」

「これは私が作ったお菓子よ。渡してね」

「――はい、ありがとうございます」

侍女は恐縮しながら包みを受け取った。しかしその時、背後の扉ががたりと開いて、富美人が泣きはらした顔を出した。

「何よ、笑いものにしに来たの⁉」

屈辱《くつじょく》と怒りの表情で、富美人が喚《わめ》いた。

「様子を見に来ただけよ。……元気そうね、よかったわ」

すると富美人は侍女が受け取った包みを掴《つか》み取り、柔蕾に向かって投げつけた。

「陛下にお言葉をかけられた途端に上から目線なのね！　憐《あわ》れんでいるつもり？　さぞいい気分でしょうね！」

「富美人……」

「勘違いしないことね！　私が寵姫《ちょうき》になったら、思い知らせてやるわ！」

ばん、と扉が閉じられる。侍女が何度も頭を下げた。

地面に落ちた菓子の包みを拾い上げ、柔蕾はため息をつく。

「火に油を注いでしまいましたわね……」

「今は彼女も気が立っているのよ。戻りましょう」

「ええ」

とぼとぼと雅温宮へ戻る道すがら、雪媛は、本物の柳雪媛はこの二人とどう接していたのだろう、と考えた。

（富美人と思い切り張り合っていたのかしら。柔蕾のことも敵とみなして、距離を置いていたかも。……いずれにしろ、二人の名は史書に載《の》ってはいない。今絶大な権力を握っているであろう四妃たちだってそうよ、名前も知らなかった。柳雪媛が皇帝の寵姫としてあれほど名が知られたというのは、やっぱりよほど特別な存在だったんだわ……）

「あら……なんでしょう」

柔蕾が声を上げた。雅温宮の前に立つ、複数の人影がある。見れば皇帝の侍従《じじゅう》たちだ。

「──白《はく》才人、お待ちしておりました」

侍従たちが頭を下げる。

「あの、何か？」

「おめでとうございます。陛下《へいか》が今宵《こよい》、白才人をお召しでございます」

侍従はにこにこと喜ばしそうに笑顔を向ける。

「……え」

柔蕾は理解が追いつかないというように、目を瞬《しばたた》かせた。

「……陛下が？　私を？」

「ええ、宴《うたげ》での舞を大層お気に召したそうでございます。後《のち》ほど、迎えの輿《こし》が参ります。それまでにどうぞ、伽《とぎ》のご準備を」

繋いでいた柔蕾の手に、ひどく力が込められるのを感じた。どうしたのかと彼女の顔を覗《のぞ》き込むと、喜びに溢《あふ》れているかと思いきやどこか強張《こわば》った表情を浮かべていた。

「……そう、ですか。わかりました」

それでは、と侍従たちが去っていく。柔蕾の侍女が歓声を上げた。

「おめでとうございます、柔蕾様！　ああ、すぐに湯浴《ゆあ》みの準備をいたしますね！」

そう言って中へと駆けていく。どこかぼうっとした柔蕾に、雪媛は声をかけた。

「柔蕾、大丈夫？」

「……あ、ええ。その……こんなに早く……この日が来ると思わなくて……ちょっと、びっくりしてしまって」

弱々しい笑みを浮かべる。

「……部屋へ戻ります。準備をしなくては……」

覚束《おぼつか》ない足取りで歩いていく柔蕾の後ろ姿を、雪媛は奇妙な思いで見つめた。柔蕾は、嬉しがるものだと思っていた。皇帝の寵愛《ちょうあい》が欲しいと、あれほど言っていたのだ。そのために舞の練習も繰り返していた。しかし今のはどう考えても、望んだものを手に入れた者の表情ではなかった。

「雪媛様、先を越されてしまいましたが、お気になさらず。またそのうち機会もありましょう」

鷗頌《おうしょう》が気遣《きづか》うように言った。

「……柔蕾は、あまり嬉しくなさそうね」

「緊張していらっしゃるのでしょう。初めて陛下に召された方にはよくあることです」

「そう……」

ぽつり、と頬を冷たい感触が跳ねた。

空を見上げると、曇天《どんてん》が広がり小雨《こさめ》が降りだしている。雪媛は足早に自分の部屋へと戻った。

日が暮れても弱い雨が降り続いた。雪媛はなんだか落ち着かず、時折窓を開けては外の様子を窺《うかが》う。そろそろ、迎えが来る頃だろうか。

(柔蕾はどうしているだろう……不安に思っているかしら)

どんどん、と扉を叩く音がした。

「──柳才人」

雪媛は驚いた。柔蕾の声だ。

慌《あわ》てて扉を開くと、傘を差した柔蕾がひとり立っている。

「どうしたの?」

「………」

伽のために用意された薄絹を纏《まと》っている柔蕾は、酷《ひど》く寒そうだった。

「入って。ほら、これを羽織って」

雪媛は彼女の肩に羽織をかけてやり、椅子に腰かけさせた。

「柳才人……」

表情は暗い。青ざめた顔で、唇を嚙みしめている。

「柳才人には、心に想う方がいらっしゃると仰《おつしや》っていたでしょう？」

突然なんの話かと驚く。

「え、ええ……」

「私も……私も、お慕《した》いする方がおりました」

痛そうなほど小さな両手を握りしめて、柔蕾が言った。

「柔蕾……」

雪媛は驚いた。

「きっぱりと、諦《あきら》めたつもりでした……その方とは何の約束もありませんし、私が一方的に想っていただけなんです。私の気持ちもご存じありません。後宮《こうきゆう》へ入ると決まって、忘れようと思いました。ここへ来たからには、陛下にお仕《つか》えすることだけを考えようと……それが家族のためだと……」

両手で顔を覆《おお》う。

「でも、さっきからずっと、その方のことばかり考えてしまうんです――」

「柔蕾……」

「白才人、お迎えに参りました」

外で侍従が呼ぶ声が響いた。

窓を開けてみると、いくつもの傘と、手にした行灯《あんどん》の明かりがぼんやりと霞《かす》んで見える。その脇に、下ろされた輿が待ち構えている。

柔蕾はゆっくりと顔を上げた。泣いているかと思ったが、涙は流れていなかった。

「……ごめんなさい、行かないと」

「柔蕾、でも――」

「なんだかひどく混乱してしまって。……私、何をしているのかしら」

ふらりと立ち上がる。雪媛は心配になって彼女を支えた。

「大丈夫?」

「少し、緊張しているんですわ。……では柳才人、また」

力のない微笑を浮かべて、柔蕾は部屋を出ていった。そうして輿に乗り込む彼女の姿を見送る。

やがて、輿が雅温宮の門をしずしずと潜《くぐ》って消えていった。

扉にかけた手が震える。

菊花茶《きっかちゃ》の香りがした気がした。長い回廊を歩いて、あの部屋へ向かう玉瑛《ぎょくえい》の姿が、雨の中に浮かんで消えた。

輿の中の柔蕾は、あの時の玉瑛と同じ気持ちを味わっているのかもしれなかった。

寝台の中で悶々《もんもん》としながらなかなか寝付けないまま、朝が来た。物音にはっとして体を起こし、窓を開く。輿に乗った柔蕾が帰ってきたのだ。

柔蕾はそのまま部屋に入り、それきり出てくる様子はなかった。日が高くなり、雪媛は恐る恐る柔蕾を訪ねた。

「まぁ柳才人。私も伺《うかが》おうと思っていたところですわ、どうぞお入りになって！」

明るい声でにこにこと出迎えられ、雪媛は面食らった。昨夜のことなどなかったかのように、いつも通りだ。

「柔蕾、大丈夫？」

「ええ、もちろん。先ほど、両親に文《ふみ》を書いていたんです。なんとかうまくやっていけそうだから、安心してほしいと」

「柔蕾……」

「陛下は思ったよりずっとお優しい方でした。今度、また舞を披露《ひろう》することをお約束したんですよ。それから……」

「柔蕾！」

強く呼びかけると、笑顔のまま柔蕾は固まった。

雪媛は優しく彼女の手を取った。

「……無理に笑わなくていいわ」

「……無理なんてしてませんわ」

「何も話さなくてもいいのよ」

「いやですわ、柳才人。私、本当に……」

花がしおれていくように、徐々に笑顔が消えていく。やがて、柔蕾は無表情になった。

「もう、忘れることにしたんです……」

それから、柔蕾は雪媛の肩にもたれ、じっと動かなくなった。

「………あの方の奥方になるのは、どんな女性かしら」

ぽつりと、柔蕾は言った。

「それを見なくて済むのが、救いですわ……ここにいれば、耳にも入ってこないでしょう」

「……そうね」

柔蕾の頭をゆっくりと撫でてやる。

「どんな人なの？」

尋《たず》ねると、柔蕾は思い出すように目を閉じた。

「とてもお優しい方です……よく、川辺で釣りをされていました。私、偶然通りがかったように装《よそお》って、よく会いに行きましたわ。隣に座って他愛《たわい》ない話をするだけでしたけど」

声が震えた。柔蕾の頬を涙が一筋伝う。

「柔蕾……」

「連れて逃げてほしいと言えたら、どんなによかったでしょう……言えるはずもありませんけれど……私はせいぜい、妹のようなものだったでしょうから」

涙を拭《ぬぐ》い、寂《さび》しそうに微笑む。

「それに何より、あの方の未来を、奪うわけにはまいりませんもの」

「――白才人、いらっしゃいますか」

侍従がやってきて、恭《うやうや》しく礼を取る。

「今宵《こよい》も陛下がお召しになるとの仰《おお》せです。お迎えまでにご準備ください」

「……わかりました」

二日連続で柔蕾を召し出すということは、よほど気に入られたのだろう。雪媛は複雑な心境だった。

侍従を帰したあと、雪媛は呟《つぶや》いた。

「おめでとうと言うべきか、わからないわ……」

「あら、言ってくださいな」

柔蕾は微笑む。

「後宮に入ったからには、望むものはただ一つ——そう決めたのですもの。だから、これでいいのです」

その夜も、柔蕾は輿に揺られて雅温宮を出ていった。

そしてそれから毎夜、皇帝は柔蕾を召し出したのだった。


日に日に、雅温宮は賑《にぎ》やかになっていった。他の妃たちがこぞって柔蕾に会いに来るようになったのだ。

皇帝の寵愛を得た柔蕾と仲良くしておきたいのだろう。それぞれ贈り物を手に、にこやかな笑みを浮かべてやってくる。ただしその中に、富美人の姿はなかった。

「北の庭園が今見頃ですのよ。ご一緒に参りましょう」

「実家から贈られた珍しい香です。白才人にぴったりだと思って」

「どうぞまた舞を見せてくださいませ」

あの手この手で取り入ろうとする女たちに、柔蕾はいつも丁寧《ていねい》に敬意をもって対応した。

(本当に強い人だわ)

雪媛はその様子を遠巻きに眺めながら思った。

想い人のことが完全に吹っ切れたはずもない。それでも、ここで自分が何をなすべきか考え、そのために心を押し殺すことを厭《いと》わない。後宮で長く暮らしていくためにも、こうした付き合いも必要だと割り切って、朗《ほが》らかに振る舞っている。

対して雪媛は、そんな彼女たちには交ざらずに、できるだけ一人で部屋の中に閉じ籠《こも》っていた。皇帝だけでなく、ここで暮らす女たちにとっても存在感のない者でありたかった。もうすぐ、いなくなるのだから。

（私が死んでも、これならきっと些細《ささい》な出来事としてすぐに忘れられるはず……）

ただ、柔蕾のことだけは気がかりだった。

仮死状態となって後宮を出るつもりであると、彼女にも言えるはずがない。本当に雪媛が死んだと思うだろう。そうなれば、彼女は悲しむだろうか。

今も毎日、柔蕾は雪媛との時間を必ず作っていた。特に夕方、夜が忍びよる頃になるとどこか幼く寄る辺《よるべ》のないような顔をして、雪媛に抱きつくのだった。雪媛がいなくなれば、彼女はどうするだろう。そう思うと、迷いが生じた。

新月は近づいている。だが本当に、この計画を決行するのか。

「最近、よく空を見上げてらっしゃいますわね」

ある日、柔蕾が言った。

「あ……ええ。どんどん月が細くなっていくな、って……」

「もうすぐ新月ですものね」

細い月が浮かんでいる。

「今日、富美人を訪ねてみたんです」

「彼女を？　どうしていた？」

「また嫌味は言われましたけど、以前に比べれば薄味でしたわ。最近私が毎日のように陛下に召されていることを知って、さすがにあまり強くは出れないようでした」

「薄味でも、嫌味を言い続けるのは相変わらずね」

「でも、そのほうが安心いたします。他の妃たちときたら、親しげな顔をして、手土産持参で近づいてきながら、皆同じような作り笑いを浮かべていらっしゃるでしょう？　ああいう方々のほうが信用なりませんもの。むしろ富美人は本音で接してくださる、数少ないお友達だと思っていますわ。あ、もちろん一番のお友達は柳才人でしてよ？」

ふふ、と笑う柔蕾に、雪媛は少し頬を染めた。

（友達……）

その言葉が、とても温かく、嬉しい。

「私も……あなたがいなくては、後宮暮らしには耐えられなかったと思うわ。一番のお友達よ」

二人は互いにくすりと笑った。

「あ、そうですわ。これ、柳才人に」

そう言って柔蕾は、一枚の栞《しおり》を差し出した。四つ葉の白詰草《しろつめくさ》が押し葉になっている。

「今朝、陛下と散歩していたら見つけたので押し葉にしたんです。四つ葉って珍しいでしょう？　西の国では、幸運をもたらすと言われているんですって。柳才人に差し上げようと思って」

「私に？　せっかく見つけたのだからあなたが持っていて」

「いいえ、柳才人に持っていてほしいのです」

「でも――」

「柳才人が、想う方と幸せになれますようにと、願いを込めました」

柔蕾がにこりと笑う。

「え……」

「あら、迎えが来たようです。――では、行ってまいります」

今夜も柔蕾は皇帝の寝所《しんじょ》に侍《はべ》る。

「あ……ええ。また、明日」

輿に乗っていく彼女を見送りながら、もしかしたら柔蕾は何か気づいているのだろうか、と思った。雪媛がここを出ていこうとしていることに。

（こうして見送るのも、何度目かしら……）

もう全然平気だという素振りをして去っていく柔蕾が、いつも輿の中でどんな思いを抱えているのか、そう思う度《たび》に心に陰りが差した。

(あと三日……)

欠けていく月を眺め、雪媛は窓を閉めた。


翌日、柔蕾は他の妃たちと連れ立って散歩に出かけたようだった。雪媛は一人、部屋の中でぼんやりと時を過ごしていた。出歩いて人目につくのも避けたいので、じっとしているしかない。

柔蕾にもらった栞を掌《てのひら》の上で弄《もてあそ》ぶ。

(ああいう人が皇帝の傍《そば》にいたら、未来はもっと、何かが変わるかもしれない)

自分も辛いはずなのに、雪媛のことや富美人のことまで気にかけてくれる。彼女のような人が、いずれ四妃の一人となれば――。

「――柳才人、大変です!」

鷗頌が青い顔で飛び込んできたのは、部屋に夕暮れの赤い光が差し込み始めた頃だった。

「鷗頌、どうしたの」

「は、は、白才人が……」

鷗頌はがたがたと震えている。

「先ほど、い、池で、見つかって――」

「？　池？」

「お、お亡くなりに――」

（…………え？）

訳がわからず、がたんと雪媛は立ち上がった。

（何？　何て――）

世界から唐突に色が消えたように思えた。

「どこ――どこ、で」

声が震える。

「き、北の庭園です」

気づいたときには部屋を飛び出していた。庭園に近づくに従って、人影が増えていく。顔を寄せ合って何事か囁《ささや》き合っている宮女たちがそこここに見えた。

池の縁《ふち》に、人だかりができている。青い顔をした妃の一人が宮女に支えられて離れていくのとすれ違った。

「――柔蕾！」

雪媛が人をかき分けて駆け寄ると、全身びしょ濡れの柔蕾が仰向けに寝かされていた。

思わず飛びつくように屈《かが》み込む。

信じられず、息を確認し脈を取った。胸に耳を当ててみる。

何の鼓動も感じられなかった。瞼《まぶた》は固く閉ざされ、青白い顔に生気はない。

「……………うそ」

呆然として、冷たくなった柔蕾を見下ろす。

「なんで……」

昨日まで、あんなに元気だった。また明日、と笑っていた。

それなのに。

「何事なの？」

その声に、宮女たちは静かに道を開けた。美貴妃《びきひ》を先頭に、四妃たちがやってきたのだ。

彼女たちは柔蕾を見ると、眉を寄せてさっと視線を逸《そ》らした。

「どういうこと。白才人に何があったの」

宮女の一人が恐縮した様子で答えた。

「通りかかった者が池に浮かんでいる白才人を見つけたのですが、その時にはすでに息がなく……足を滑らせて池に落ち、溺《おぼ》れたようです」

遺体を視界に入れたくないのだろう、扇《おおぎ》を開いて顔を覆いながら美貴妃が嘆息《たんそく》した。

「なんてこと。陛下が知ったらお嘆《なげ》きになるわ……」

「早く運び出して」

風淑妃《ふうしゅくひ》が命じると、侍衛《じえい》たちが柔蕾の身体に布をかけ、戸板に乗せようとする。

「ま、待ってください！」

雪媛は声を上げた。

「柔蕾――白才人は今日、一人ではありませんでした。井婕妤《せいしょうよ》や潤《じゅん》美人がご一緒だったはずです！　何があったのか、話を……！」

すると美貴妃が視線を後方に向けた。

「井婕妤、そうなの？」

井婕妤が進み出る。

「貴妃様、確かに昼頃、白才人とご一緒しておりました。ですが私も潤美人も、しばらくして自分の宮殿へ戻りました。白才人はもう少し散策を楽しまれたいということでしたので、彼女だけ残して……」

悲しそうに眉を寄せる。

「あの時一緒に戻っていればよかったのですわ……悔やまれます」

「あなたのせいではないわ。――さぁ、運んで」

柔蕾を乗せた戸板が遠ざかっていく。雪媛は身動きできずその場にしゃがみ込んだまま、呆然とその様子を眺めた。

「皆、一人で行動するのは慎《つつし》みなさい。いつこんな事故が起きるかわかりませんもの。恐ろしいことだわ」

美貴妃はそう言うとくるりと池に背を向けて去っていく。他の妃たちもそれに続いた。

取り残された雪媛は、ぼんやりと夕日を浴びて輝いている池の水面《みなも》を見つめた。

涙が迫《せ》り上がってくる。

友達だと言ってくれたのだ。自分のことよりも、雪媛の幸せを願ってくれた。

(私は、何もしてあげられなかった……)

池の向こうにある東屋《あずまや》に、人影が見えた。

富美人だ。こちらに気がつくと、さっと顔色を変えて身を翻《ひるがえ》す。

走り去る彼女を眺めながら、ああきっと彼女はざまあみろとでも思っているのだ、と考えた。誰よりも柔蕾に対して悪意を持っていたに違いない。

(………本当に、事故だったのかしら)

ふと、そう思った。

疑念は、急速に雪媛の中で増殖した。ぼやけた視界を払いのけるように涙を拭《ぬぐ》い、周囲を見回す。どうして柔蕾は一人で残ったのだろう。どうして、池に近づいたのだろう。整備された遊歩道を歩いていれば、ここへ落ちるようなことなど起きるはずもないのに。

雪媛は立ち上がる。そうして、先ほど富美人が去っていった方に足を向けた。

(まさか……まさか……)

「──富美人！」

駆けてきた雪媛を見て富美人はぎょっとしていた。

「な、なに──何よ」

「あなた……あなたまさか……」

思わず摑《つか》みかかる。

「柔蕾に、何かした？」

するとと富美人はぎくりとしたように青ざめる。

「放してよ。どういうつもり？」

「本当のことを言って」

「知らないわよ！　私は関係ない！」

「じゃあさっき、あそこで何していたの！　あなた、こちらに近づこうともしなかったわ。どうして？　あんなに人だかりができていれば気になるものなのに。……見なくても、何が起きたか知っていたからじゃない？」

「騒ぎが聞こえたからちょっと様子を見に行っただけよ！　言いがかりはやめて！」

富美人はずっと柔蕾にきつく当たっていた。そんな柔蕾が先に皇帝の寵愛を得たことを妬《ねた》ましく思っていたはずだ。

「あなたが──あなたが彼女を突き落としたの⁉」

「何それ、どうかしてるんじゃない!? なんで私が——」

「柔蕾がいなくなって喜んでいるんでしょう! 彼女にさんざん辛《つら》く当たって……それでも柔蕾はあなたのことを、友達だと言っていたのよ! それなのに……!」

富美人が僅《わず》かに表情を変えた。

「……喜んでなんて……」

ぎゅっと唇を噛みしめる。

「歌を——」

「……え?」

「歌を聴かせると、約束したのよ。彼女と」

「歌……?」

「そうよ。宴の席では聴けなかったから、是非聴きたいって……陛下を呼んで、一緒に聴いてもらおうって……そう言うから」

雪媛は驚いた。柔蕾は富美人のために、皇帝に繋ぐ機会を設《もう》けようとしていたのだ。

「だから、私は彼女を殺したりしない! そんなの、何の意味もないもの!」

「……じゃあ、どうして」

摑みかかった手から力が抜ける。

「どうして柔蕾は死んだの……こんなに、突然……こんなことって……」

すると富美人は暗い表情を浮かべた。

「……事故よ」

まるで言い聞かせるような声音だった。

「死にたくなかったら、そう思うことね」

「……え？」

「彼女を一番邪魔に思っていたのは誰だと思うの」

「……？」

「ここで生き残りたかったら、妙な勘ぐりはやめることよ」

雪媛の手を払い除《の》けると、富美人は身を翻した。

しかし数歩進んで、ぴたりと立ち止まった。

「……突き落としたのは、私じゃない」

僅かに振り返って、小さく囁く。

「私じゃ、ないわ――」

雪媛は思わず駆け寄った。

「あなた、何か見たの？」

すると富美人は顔をふいと背《そむ》けた。

「ねえ、誰なの！　誰がこんなこと！」

「何も見てない！　私は関係ないんだから！」

そう言い捨てて、富美人は背を向けると足早に去っていってしまった。


雪媛は美貴妃の住まう宿柱殿《しゆくちゆうでん》の門を見上げた。両脇には侍衛が立っていて、他の殿舎と異なり雰囲気が物々しかった。

取り次ぎを頼んだが、出てきた侍女はにべもない態度だった。

「貴妃様はお会いになりません。お帰りください」

「お願いします、どうか。白才人のことでお話があるのです」

「お帰りください」

戻っていく侍女に追いすがろうとすると、兵士たちが槍の柄《え》で道を塞《ふさ》いだ。

「お願いします、お願いします！」

雪媛はその場に膝をついた。

「どうか、お願いです――貴妃様！」

しかしどれほど声を上げても、どこからも返答はなかった。雪媛はそのまま門の前で跪《ひざまず》き続けた。いずれ美貴妃がここを出る時に、直談判《じかだんぱん》するしかない。

どれほどそうしていたのか、風淑妃が侍女を連れてやってくるのが見え、雪媛は頭を垂れた。彼女は雪媛の姿にちらりと視線を向けると、何も言わず宿柱殿へと入っていく。

「淑妃様！　お願いでございます、どうか話を聞いていただけませんか⁉」

しかし風淑妃は振り返りもせず行ってしまう。

「白才人のことで、お話が！　事故ではありません、きっと誰かに――淑妃様！」

言葉が虚《むな》しくこだまする。

雪媛は一人その場で唇を噛みしめた。

（徳妃《とくひ》様か賢妃《けんぴ》様のところへ行く？　でも、一番力があるのは貴妃様よ……）

すると美貴妃の侍女がやってきて、先ほどとは態度を変えて挨拶《あいさつ》した。

「貴妃様がお会いになります。お入りください」

雪媛ははっとして立ち上がった。ずっと膝をついていたせいで、ふらふらとよろめく。

部屋に通されると、美貴妃は風淑妃とお茶を飲んでいるところだった。雪媛や柔蕾の部屋とは、広さから豪華さまで雲泥《うんでい》の差である。寵姫となり位《くらい》を極めた妃の権勢とはこういうことか、と雪媛は思った。

美貴妃が優雅に茶器を手にしながら笑った。

「淑妃が、柳才人が気の毒だから入れてやれと言うのよ。お優しい方ね」

「白才人のことで話があるとか。聞いてあげてもよいのでは？　柳才人は彼女と同じ宮殿で仲が良かったのでしょう」

「あ、ありがとうございます……！」

雪媛は改めて膝をつき、頭《こうべ》を垂れた。

「どうか、よくお調べいただきたいのでございます。私には、白才人が自《みずか》ら足を滑らせて池に落ちたとは思えません」

「そう思いたくない気持ちもわかるけれど……現実を受け入れなくては、柳才人」

風淑妃が優しく言った。

「それとも、何か事故ではないと思う理由があるのかしら？」

美貴妃が探るように雪媛を見据える。その目がひどく冷たくて、雪媛はどきりとする。

「井婕妤と潤美人は、白才人を残して先にお帰りになったと仰《おっしゃ》いました。……ですが、私が調べましたところ、御二方ともご自身のお部屋にお戻りにはなっていません」

美貴妃は続きを促《うなが》す。

「それで？」

「……白才人が、あんな場所に一人で残るとは思えませんし、何より、遊歩道を外れて池に落ちるほどに近づくのは不自然です」

「二人が彼女を突き落としたとでも？　後宮において、謂《いわ》れのない誹謗中傷《ひぼうちゆうしよう》はあってはならぬことですよ、柳才人」

あくまで優しい口調で風淑妃が窘《たしな》めた。

「ですが……！」

「もうお戻りなさい。白才人も、あなたの友情には感謝しているでしょう。でも、死んだ者は帰ってはこないのよ」

美貴妃はそう言って侍女に目配せする。雪媛は侍女に促され、退室するしかなかった。

（これで、終わりなの……？）

美貴妃も風淑妃も、些末《さまつ》なことに関《かか》わっていられないとでもいうように聞き流していた。人一人が死んだというのに。

呆然としながら、宿柱殿の門を潜《くぐ》る。宮女二人とすれ違った。さすがに貴妃ともなると、大勢の宮女たちが配置されているらしい。化粧をし装身具も多く、待遇のよさを感じる。

ふと、雪媛は足を止めた。

「待って」

雪媛は二人を呼び止めた。宮女たちは雪媛に対し形式上は恭《うやうや》しい礼を取ったが、その目は確実に彼女を見下していた。皇帝の寵愛もない、位の低い妃への態度などそんなものだろう。しかし雪媛が気になったのはその態度ではなかった。

「……その傷、どうしたの？」

一人の頬に、うっすらとひっかき傷のような線が浮かんでいた。

「あ……木の枝でひっかいてしまって……」

その宮女は傷を隠すように俯《うつむ》いた。

「……そう、お大事にね」

それだけ言って、雪媛は宿柱殿を後にした。そこへちょうど、侍従や女官を引き連れて輿が担《かつ》がれてくるのが見えた。

皇帝だ。雪媛は慌《あわ》てて端に寄り、頭を垂れた。

「──まぁ陛下、いらっしゃいませ」

嬉しそうな声を上げて美貴妃と風淑妃が出迎える。美貴妃は彼の腕を取り、朗《ほが》らかに中へと誘《いざな》った。

「こちらへお寄りになるのは久しぶりですこと」

「そう恨むな。──今宵《こよい》は宿柱殿で過ごすつもりだ」

すると美貴妃は少女のように瞳を輝かせ、満面に笑みを広げた。

明日は新月だ。空を見上げながら、雪媛は一人になった雅温宮で、柔蕾の住んでいた部屋の前に立った。遺体はすでに後宮の外へと運び出されてしまった。主《あるじ》を失った部屋は静まり返っている。宮女たちもすでに引き上げ、がらんどうだ。

その扉の前に屈《かが》み込むと、雪媛は供養《くよう》のために持参した紙銭《しせん》を一枚手に取り、行灯の火を取って燃やした。　紙銭は死者があの世で使うためのお金だ。　煙に乗り、天へと舞い上がっていく。

炎の中に、いくつもいくつも、紙銭をくべる。

「……苦しかったでしょうね」

後宮に入り、柔蕾と過ごしたのはほんのわずかな時間だった。それでも、あの笑顔をもう二度と見ることができないのだ、と思うと、じわりと涙が込み上げた。

懐から、栞を取り出す。柔蕾が幸せを願って作ってくれた、白詰草の栞。

「やっぱり、あなたが持っていればよかった……」

これもあの世にいる柔蕾に送れるだろうか。雪媛は炎の中に、栞を差し入れようとした。

「――何をしているのです！」

闇の向こうから、女の声が響いた。

後宮へやってきた日、雪媛をここへ案内してくれた女官だった。彼女は雪媛の手元を見て眉を吊り上げた。

「なんてことを……後宮内で死者の供養をするなんて！」

駆け寄ってきて慌てて火を消そうとするので、雪媛は阻止《そし》しようと彼女に飛びついた。

「やめて、白才人を弔《とむら》っているのよ！」

「このような不吉な行為は固く禁じられております！　四妃様に報告しなくては！」

「不吉ですって⁉　人が亡くなったのよ！　供養するのは当然でしょう！」

「ここは陛下のお膝元なのですよ！　死の不浄、不吉は遠ざけるが掟《おきて》でございます！　そのようなこともご存じないとは……」

「なんですって……？」

雪媛は愕然《がくぜん》とした。

「人を……悼《いた》むことも許さないというの？」

女は嫌悪感を剥き出しにして雪媛を見据え、宮女に命じて燃える紙銭に水をかけさせた。

「ただでさえここ最近、忌《い》み事続きだというのに……ああ、こんなことをしている場合ではないわ。早く貞弦宮へ行かないと……とにかく、罰は免《まぬか》れないとお心得を！」

「貞弦宮？　何かあったの？」

貞弦宮は富美人の住む宮殿だ。

すると女官は表情を歪《ゆが》める。

「富美人がお亡くなりに。――首を吊ったのです。こちらの、白才人を池に突き落とした下手人は富美人だったようです」

十章

——突き落としたのは、私じゃない。

そう言っていた富美人《ふびじん》の表情を思い出す。

貞弦宮《じょうげんきゅう》へ向かうと、集まった宮女や妃《きさき》たちが不安そうな面持《おもも》ちで様子を窺《うかが》っていた。丁度中から、風淑妃《ふうしゅくひ》と路賢妃《ろけんひ》が姿を現す。

「皆、戻りなさい。陛下《へいか》は今宵《こよい》、宿柱殿《しゅくちゅうでん》でお過ごしです。お騒がせしてはなりません」

路賢妃が皆を見回して言った。

「賢妃様、富美人は——」

雪媛《せつえん》が青い顔で問う。すると路賢妃は残念そうに首を横に振った。

「彼女が白才人《はくさいじん》を死なせたというのは真なのですか?」

妃の一人が尋《たず》ねた。風淑妃がため息まじりに答える。

「遺書があったのよ。白才人を殺した責めを負うと。罪の意識に耐えられなかったのね」

「貴妃様には明朝、私から報告しますわ」

「お願いね、賢妃。徳妃は体調が悪くて臥《ふ》せっているし、今はこの話はしないほうがいいでしょう」

するとと、呆然としている雪媛に向かって風淑妃が言った。

「あなたの言う通りだったわね、柳才人。事故ではなかったのだわ。きっと富美人は、あなたに疑われていると思って絶望したのでしょう。いずれ悪事が露見《ろけん》するかもしれない、と」

「え……」

「よかったわね、犯人が明らかになって」

風淑妃は優雅に微笑んだ。その笑顔に、肌が粟立《あわだ》つ。

布に包まれた遺体が運び出されていく。だらりと下がった白い手が見えた。

（本当に、富美人が？）

――……喜んでなんて……

富美人が見せたあの表情は、嘘ではないと思った。

彼女は、柔蕾《じゆうらい》の死を悼《いた》んでいた。決して柔蕾に対して友好的ではなかったけれど、きっと柔蕾だけが、彼女を気にかけてくれていたから。

（違う……）

――四妃《しひ》様方は、この後宮《こうきゆう》で一番のお力を持っていらっしゃるのです。

最初に、柔蕾がそう言っていた。

雪媛がよく調べてほしいと懇願《こんがん》した時の、美貴妃と風淑妃の微笑みを思い出す。

――彼女を一番邪魔に思っていたのは誰だと思うの。

富美人の言葉が頭に浮かんだ。

ひっかき傷のある、美貴妃の宮女。誰かに突き落とされそうになった時、柔蕾は抵抗したのではないだろうか。

（そういえば……井婕妤《せいしょうよ》はあの時、最初から美貴妃の後ろに控えていて……）

体が震えた。

事故を怪《あや》しみ騒ぎ立てる者がいたら、真犯人にとっては不都合だ。富美人はきっと、犯行現場を目撃した。言えば自分の身が危ういと思い、口を噤《つぐ》んでいたのだ。

下手人《げしゅにん》がそれに気づかなかった保証はない。雪媛の告発を聞き、万が一のために芽を摘《つ》んでおこうと、富美人の口を塞《ふさ》ぐために自殺に見せかけて殺し、偽《にせ》の遺書を用意したとしたら――。

（私が……言ったから？）

雪媛は震える両手で、口許《くちもと》を覆《おお》った。

恐る恐る、周囲を見回す。

妃たちの、宮女たちの、冷たい目。

どうして後宮を管理する者が、公明正大であるなどと考えたのだろう。

ここにいる誰もが、四妃に支配されているのだ。


朝、宿柱殿の門前に跪《ひざまず》いた雪媛は、じっと皇帝が出てくるのを待っていた。そこにはすでに輿《こし》が用意されており、侍従《じじゅう》たちが待機している。その脇に雪媛は座り込んでいた。

「柳《りゅう》才人、そのようなことは困ります。お引き取りください」

侍従は何度もそう追い立てようとしたが、雪媛は頑として動かなかった。

「陛下にお話があるのです。それまでは退《ど》きません」

「我々が叱《しか》られてしまいます。どうか――」

「――陛下、御見送りいたしますわ」

美貴妃の声が聞こえた。連れ立って仲睦《むつ》まじそうに出てくる二人に、雪媛は平伏した。

「陛下！　白才人のことでお話がございます！」

美貴妃が雪媛の姿に気がつき、不快そうに眉を寄せた。

「陛下に対してなんという真似を――誰か早く下がらせなさい！」

腕を掴《つか》まれたが雪媛はそれを振りほどき、皇帝の足元に額《ぬか》ずいた。

（これしかない――皇帝に訴えるしか）

柔蕾をあれほど気に入っていたのだ。彼なら真実を明らかにしてくれるはずだ。

「お願いです！　白才人の死を、どうかもう一度よくお調べください！　富美人は下手人ではございません！」

「陛下、お気になさらず。朝議《ちょうぎ》に遅れてしまいますわ」

美貴妃は雪媛を無視して皇帝に微笑む。すると皇帝は雪媛のほうをちらと見て、「貴妃」と美貴妃に呼びかけた。

「はい、陛下」

「後宮のことはすべてそなたに任《まか》せている。よいようにせよ」

「かしこまりました、陛下」

皇帝が輿に乗り込む。

「そんな、陛下――」

雪媛は引き留《と》めようと手を伸ばしたが、侍従たちに阻《はば》まれた。皇帝の横顔が見える。そこには何の感慨《かんがい》も見えなかった。

「陛下、陛下……！」

雪媛は叫んだ。

「白才人をあれほどお気に召していたではありませんか！　どうして……どうしてそんなに無関心でいらっしゃるのですか！」

輿が担《かつ》ぎ上げられる。雪媛の声など聞こえないように、静々と行列が進み始めた。

「陛下、お待ちください……陛下！」

「おやめ！」

美貴妃がぴしゃりと言って雪媛を睨《にら》みつけた。

「柳才人に鞭《むち》打ち二十回を命じます。──連れておいき」

「陛下……お願いです！」

遠ざかっていく輿に叫び続ける。しかしその声に、返答はなかった。

雪媛は背に鞭を受けた。痛みよりも、絶望感が身体を支配した。

（どうして──何故《なぜ》皇帝は、何もしてくれないの）

後宮の住人たちは皆、彼の妻であるはずなのに。妻の死に、無関心な夫などいるだろうか。

痛む身体を引きずるように部屋に戻ると、鷗頌《おうしょう》が泣きだしそうな顔で薬を塗ってくれた。

「柳才人、どうかもう白才人のことはお忘れください。……私は幼い頃からここにおりますが、後宮ではよくあることでございます」

「よく、ある……？」

「陛下のご寵愛《ちょうあい》も、その時々に変わります。白才人も陛下にとっては、大勢いる側室の中のお一人でしかありません。長きに渡りご寵愛を受け、四妃にまでなられた皆さまは別格なのです」

「……だから、新しい妃が寵愛を得る度《たび》、排除すると？」

鷗頌は恐怖で引きつったような表情になった。

「そのようなこと、口になされてはなりません！」

では、やはりそういうことなのか。

鷗頌のように、実は皆、わかっているのか。誰が何をしたか。それでも口にすることはできないから、黙っているだけなのか。

鷗頌を部屋から出し、ぼんやりと寝台に寝そべったまま、雪媛は枕元に置いた栞《しおり》をじっと見つめた。

――柳才人が、想う方と幸せになれますようにと、願いを込めました。

（柔蕾……）

身体を起こす。痛みに呻《うめ》き声を上げながら、栞を手にし、戸棚に隠しておいた包みを取り出す。

猛虎《もうこ》が送ってくれた迷魂散《めいこんさん》だ。

包みを開くと、ゆっくりと薬を茶に混ぜた。

自分だけが逃げ出すのか、と一瞬躊躇《ちゅうちょ》した。柔蕾も富美人も、この地獄に囚《とら》われて命を落としたというのに。

（それでも――）

栞の中の、青々とした四つ葉を見下ろす。両手で押しいただき、大事に懐《ふところ》にしまった。

茶器を手に取る。窓の外は漆黒《しっこく》の闇。この闇の中にこれ以上身を置くことに、耐えられない。

息を整えるように吐き、意を決して、一気に呷《あお》った。

新月の後宮は、痛いほど静かだった。

身体が溶けて、闇に同化してしまったようだった。深い深い海の底に落ちていくように、何も聞こえない。何も感じない。身体の輪郭《りんかく》は消えている。

しかし唐突に、海面に上がっていくような気がした。

苦しい。ひゅっと息を吸い込む。

「――――っ！」

瞼《まぶた》を開く。開いたつもりだった。

しかしそこも真っ暗だった。まだ海の底にいるのだろうか。

やがて吸い込んだ息が肺を満たすのを感じて、雪媛は呼吸を繰り返した。手を動かそうとする。ちゃんと手がついている。身体がある。

探る手が、どん、と何かにぶつかった。周りを取り囲むように、壁のようなものがある。

(何?)

両手で闇の中を探る。四方八方が塞《ふさ》がれていて、ひどく狭い空間の中にいるようだった。何があったのか、と記憶を辿《たど》った。あの薬を——迷魂散を飲んだのだ。しかしそれきり、何もわからない。

ある考えに思い至り、ぞっとして動きを止める。

(これ、もしかして……棺《ひつぎ》?)

死人として棺に納められたのだろうか。そうであればここは、深い土の中か。

自分の荒い息ばかりが大きく耳に響く。何か手違いがあったのかもしれない。猛虎は助けに来てくれなかったのか。

誰か、と声を上げようとしたが、喉《のど》が詰まったように声が出せなかった。

(助けて……!)

どんどん、と周囲を遮二無二《しやにむに》叩く。

どこかで声がした気がして、びくっと動きを止める。自分を閉じ込めている棺が、ぐらぐらと不安定に揺れ始めたことに気がついた。

怖くて息を詰めた。一体何が起きているのだろうか。

唐突に何かにぶつかるような感覚。動きはそれきり、ぴたりと止まった。がたん、という音と同時に光の筋が差し込んでくる。眩《まぶ》しくて、思わず目を瞑《つぶ》った。

染《し》みるほど眩《まばゆ》く、目が痛い。しかしやがて目が慣れてくると、それが行灯《あんどん》の小さな炎であることに気づいた。黒い影が光を遮《さえぎ》るように雪媛を覆う。

「——雪媛」

その聞き覚えのある声に、雪媛ははっとした。

逆光になって顔がよく見えない。しかし、浮かび上がったその人影が誰のものであるか、雪媛にはわかった。

大きな手が伸びてきて、雪媛の上体を起こす。

「雪媛、苦しくないか？　痛むところは？」

雪媛は何も言わずに猛虎に抱きついた。その温《ぬく》もりと、伝わってくる鼓動を感じる。それと同時に、自分自身の脈動を確かめた。生きている。

応《こた》えるように、力強い腕が雪媛を引き寄せた。

「……猛虎殿！」

もう二度と会えないかと思っていた。死んで見ている幻ではないかと、雪媛は確かめるように猛虎を見上げた。ようやく光の中に照らし出された顔は、確かに猛虎だ。ほっとしたように、僅《わず》かに微笑を湛《たた》えている。

「すまない、少し遅れた」

「雪媛様、よかった……！」

小声で囁《ささや》いたのは尚宇《しょうう》だった。猛虎の傍《かたわ》らで行灯を手にしている。

視線を落とせば、自分はやはり棺に納められていたのだということがわかった。外された蓋《ふた》が脇に転がっている。さらにその横には、大きく深い穴。さっきまでその中にいたのだと思うと、改めてぞっとした。

「ここ、どこ……？」

「後宮の住人用の、仮の埋葬地だ」

猛虎が声を潜《ひそ》めた。

周囲を見回したが光が届く範囲はごく僅かで、先には深い闇があることしかわからない。

「すぐに棺を埋めなおすぞ。――立てるか？」

雪媛は猛虎の手に摑まって立ち上がった。少し身体がふらつく感覚があり、力が入りにくい。それでも、痛かったり苦しかったりという症状はない。

猛虎と尚宇は重そうな麻袋《あさぶくろ》を抱《かか》えて、棺の中へと詰め込む。

「何してるの？」

「次に掘り起こされるのは正式な墓に移す時だ。怪《あや》しまれないように砂を詰めた袋を入れておく。中を覗《のぞ》くような罰当たりがいない限り、棺の中に遺体がないとは気づかれない」

――尚宇、見張りの様子は？」

「大丈夫です、誰も来ません」

蓋を閉めて釘を打ち、猛虎と尚宇は穴の中に慎重に棺を戻した。土を被《かぶ》せる彼らを横目に、雪媛は暗闇の向こうを見つめた。

（柔蕾や富美人も、ここに埋葬されているのかしら……）

ふと、懐を探った。求めた感触があることにほっとする。柔蕾にもらった栞だ。

「行くぞ、そろそろ見回りが来る時間だ」

「こちらです、早く！」

猛虎に手を引かれ、雪媛は闇の中を駆けた。

「どこへ行くつもり？」

「とにかく、お前を都から出す。死人がうろうろしているのを見られるわけにはいかないからな」

雪媛は背後の闇に再び目を向けた。

「さっきの埋葬地は仮なのよね？　妃たちは、この後実家のお墓に入るの？」

「後宮に入った以上は皆皇帝の女となった者ですから、それはありませんよ。妃嬪《ひひん》のために用意された墓に埋葬されるはずです」

駆け足で先導しながら、尚宇が言った。

「死んだ後まで囚われるのね」

雪媛は唇を噛んだ。

先を急ぐ猛虎の意思に反するように、足を止める。猛虎が怪訝《けげん》そうに振り向いた。

「どうした？」

「ごめんなさい、少しでいいから時間をもらえない？」

「雪媛？」

「お願い、少しだけ――都を出る前に」


白家の屋敷はしんと静まり返っていた。

それでも、深夜にもかかわらずそこここに灯《あか》りがともっている。娘の死を弔《とむら》っているのだろう。

（柔蕾は……家族のことを何より想ってた）

懐から栞を取り出す。

遺体はこの家には戻ってこない。せめて、彼女の魂だけでも運んでやりたかった。

「本当に弔問《ちょうもん》に伺《うかが》うつもりですか？　雪媛様は死んだことになっているんですよ」

尚宇が心配そうに言った。

「適当に偽名を使うから大丈夫。以前からの友人だと言うわ。後宮に入った柳雪媛の顔なんて知ることはあり得ないんだから、平気よ」

弔問客のためだろうか、門は開いている。

「ここで待っていて」

「あまり時間はないぞ」

猛虎が釘を刺した。

「わかってる。すぐに戻るわ」

門を潜る。と、向こうからやってくる人影があった。

やってきたのは二人連れ。一人は小柄な少年で、もう一人は――。

「――あっ」

雪媛は思わず声を上げた。

「江良《こうりょう》殿……！」

雪媛に気がついた江良は足を止めた。

どうしてここに、と言いかけたが、柔蕾が彼とは懇意《こんい》にしていたのだと語っていたのを思い出す。彼も柔蕾の死を知り、弔問に訪れたのだろう。

江良も一瞬驚きの表情を浮かべたが、すぐにほっとしたような顔になった。

「……無事でよかった。文《ふみ》はちゃんと届いたんだね」

「あなたこそ無事でよかった……あの時は、本当にごめんなさい」

すると江良の隣で、少年が尋ねた。

「江良殿、こちらの方はお知り合いですか?」

「ああ、彼女は俺の知人で……」

「柔蕾の──友人です」

雪媛はそう言いながら少年の顔を見つめた。

(ああ、なんて似てるの──)

泣きそうになるのを何とか堪《こら》える。すると、少年はすっと居住まいを正した。

「それは──姉がお世話になりました。弟の冠希《かんき》と申します」

雪媛は、手にしていた栞をぎゅっと握りしめる。柔蕾の言っていた通り、冠希は姉に瓜《うり》二《ふた》つの容貌をしている。まるで目の前に柔蕾が蘇《よみがえ》ったようだった。

「……あなたのお話は、よく聞いていました。大切な弟だと、柔蕾はいつも気にかけていたわ」

冠希は俯《うつむ》いた。姉の後宮入りに最後まで反対したという彼の目は、ひどく腫《は》れていた。ずっと泣いていたのだろうか。

「あなたが白家を継いで、立派な官吏《かんり》となることを柔蕾は望んでいました」

「……知って、います」

ぎゅっと拳を握りしめ、冠希は言った。

「だから……自分はそのために、後宮へ行くのだと言って……」

でも、と声が震える。

「でも、そんなことより、もっと傍《そば》に……いてほしかったのに……」

堪《こら》えきれないように嗚咽《おえつ》を漏らした。

「姉上……どうして姉上がこんな……」

江良が労《いたわ》るように肩を抱いてやり、部屋へ連れていくようにと使用人に命じる。

「冠希、少し眠ったほうがいい。……ずっと一睡もしてないだろう」

冠希は少し躊躇《ためら》ったものの、やがて唇を引き結び江良と雪媛にぺこりと頭を下げた。そうして、項垂《うなだ》れながら使用人に付き添われて屋敷へと入っていった。

「雪媛殿、こちらへ。案内するよ。柔蕾の両親に挨拶《あいさつ》していくだろう?」

「ありがとう。……江良殿は、柔蕾とは親しかったのね」

「家族ぐるみの付き合いだったからね。幼い頃から知ってる」

江良は悲しそうに言った。

「……後宮での彼女は、どんな様子だった?」

「とても明るくて、優しくて、励まされました。思いやりの深い人だったわ」

「そう……」

「私のことをいつも気にかけてくれて……」

手にした栞を示す。

「この栞、最後に会った時、彼女にもらったんです」

死の前日。まるで、形見になるのがわかっていたようだった。

「西の国では、四つ葉の白詰草が幸運をもたらすと言って。……そんな話、初めて聞いたけれど、彼女がそう言うならきっとそうなんだわ」

突然、江良が立ち止まる。どうしたのか、と雪媛は振り返った。

「江良殿？」

「――柔蕾が、そう言った？」

彼はじっと、雪媛の手にある栞を見つめている。

「え？　……ええ」

どうしたのだろう、と雪媛は首を傾《かし》げた。

「どうかした？」

すると江良は、僅《わず》かに寂《さび》しそうな笑みを浮かべた。

「……昔、俺が教えた。西の国について書かれた文献にあったんだ、四つ葉は幸運の印だと。かの国ではそう信じられていると――」

他愛《たわい》のない会話だったのに、と江良は独り言のように呟く。

「覚えていたんだなぁ……」

雪媛は唐突に柔蕾の言葉を思い出した。皇帝に初めて呼ばれたあの夜、いつになく動揺した彼女の顔。

——私も、お慕《した》いする方がおりました。

——とてもお優しい方です……よく、川辺で釣りをされていました。

「江良殿……釣りを……」

雪媛は思わず声を上げる。

「え?」

「初めて会った時……釣りをしていたわ」

突然何の話だろう、というように江良は怪訝な目を向けた。

「いつも……あんなふうに、釣りをしているの?」

「……そうだね、気が向いたときに」

ざわざわと、胸が騒いだ。

「そういう時……あなたが釣りをしている時……柔蕾がやってくることはあった?」

——私、偶然通りがかったように装《よそお》って、よく会いに行きましたわ。

もう見ることのできない柔蕾の笑顔が、目に浮かんでくる。

すると江良は、どこか遠い目をして言った。

「……時々ね。散歩の途中だと言って」

視線の先に、柔蕾の姿を見つめるように。

その表情に、雪媛は柔蕾の考えが間違いであったことを悟った。

——私はせいぜい、妹のようなものだったでしょうから。


「雪媛……！」

柳家の屋敷に入ると、出迎えた秋海《しゅうかい》が二度と放さないというようにぱっと両手で引き寄せ抱きしめた。ふわりと香る彼女の柔らかな匂いに、雪媛は懐かしさを感じてひどく安堵《あんど》した。緊張による身体の強張《こわば》りが、途端にほぐれていく。

「お母様……！」

「よかった……ああ、雪媛、ごめんなさい。原許《げんきょ》殿がまさかあんなことをするなんて……」

「お母様、会いたかった……！」

秋海は雪媛の顔や体を検分するように撫でた。

「痛いところは？　苦しいところはない？」

「大丈夫よ」

「迷魂散だなんて……あれを本当に使う人なんて見たことがないわ。猛虎殿ったら、それを雪媛に……」

柔らかな手が優しく髪を撫でる。それが少しくすぐったくも嬉しく、雪媛は微笑んだ。本当に帰ってきたのだ。

「でもこれで柳雪媛は——私は死んだわ、お母様。もう後宮に入れられることはない。原許殿だって、死人はどうすることもできないもの」

「雪媛、少し眠っておけ。明日には都を出るんだ、休めるうちに休め」

猛虎が言った。

「大丈夫よ、さっきまでずっと寝ていたようなものだもの。——ここを出て、どこへ行くの？」

「ひとまずは、この間お前を連れていった寺に匿《かくま》ってもらうつもりだ」

「お母様と、また会えるわよね？」

「いずれな。ただ、当分は控えたほうがいい。万が一足が付けば、秋海様にも累《るい》が及ぶ」

雪媛は秋海の手をぎゅっと握った。

「大丈夫よ」

秋海が安心させるように微笑んだ。

「……お母様、今日は一緒に寝てもいい？」

「もちろんよ。とりあえず湯を使いなさい。お墓から戻ってきたのだから、清めなくてはね」

「あ……ちょっと待って。ええと……」

雪媛はちらと猛虎を窺《うかが》い、そして少し気まずい思いで秋海と尚宇を見た。猛虎と二人で話がしたかったが、そう口にするのは少し気が引けた。

「……あ、あの」

すると秋海は心得たように「じゃあ、後でいらっしゃい。――尚宇、ちょっとこっちへ」と尚宇を呼び寄せる。二人はそのまま回廊の奥へと消えていった。

猛虎と二人きりになる。雪媛は柔蕾の栞を忍ばせた懐に手を当てた。

「どうした？　何か不安なのか？」

猛虎に問われ、雪媛は首を横に振った。

「………私、お願いが、あるの」

雪媛は言葉に迷った。どうすれば、上手《うま》く伝えることができるだろう。

それでも、今言わなければ、と思った。こうして再び会えたことが嬉しい。それは、二度と会えないと思っていたからだ。共にいる時が、永遠である保証などないことを、雪媛はもう知っている。

「……猛虎殿は、本当はわかっているんでしょう？　武力蜂起《ほうき》しても、自分たちに勝ち目がないことを」

意外な内容だったのだろう、猛虎は驚いたようだった。

「あなたの下《もと》に集まってきた人たちは、放っておけば何をしでかすかわからない。過激な手段に出るかもしれない。あなたはそれを抑えるための重石《おもし》の役割を担《にな》っている。他にその役目を全《まっと》うできる人がいないから、だからあなたがそれを引き受けてる。……そうなんでしょう？」

猛虎は何も言わない。

「いつまで？　いつまで続けるの？」

「雪媛――」

「お願い――もう終わらせてほしいの」

（柳雪媛はこれでこの世の表舞台から消えた――歴史は変わるはず。だけど……）

このままでは、火種を残したままになってしまう。

「あなたの手で、彼らを解散させて。……そうして一緒に、どこか遠くへ行きましょう。誰も私たちを知らないところへ」

縋《すが》るように、猛虎の手を取る。

「他には何も、望まないから」

――連れて逃げてほしいと言えたら、どんなによかったでしょう。

柔蕾は言えなかった。江良を愛するが故《ゆえ》に、彼の将来のために、絶対にそんな懇願《こんがん》はできなかったのだろう。

（でも私は、後悔したくない――）

もう、自分は死を知ってしまった。

「私たちの国はもうない。でも、あなたも私も今、ここにいるわ」

玉瑛《ぎょくえい》はすべてを失ったが、今思えば、彼女は失うほどのものを何も持っていなかった。

（でも今は――絶対に失いたくないものがある）

「お願い、お願いだから……もう全部終わらせて。このままでは誰も……未来の誰も、幸せにならない。いずれどこかに生まれる尹族の女の子は、きっと、過去に生きた同族の行いを呪うしかなくなる」

手に力を込める。

猛虎はしばらく黙り込んでいた。

「お願い、猛虎殿」

しかし猛虎はやがて、雪媛の手をゆっくりと優しくほどいた。

「猛虎殿――」

「……行け。秋海様が待ってる」

猛虎はそのまま、背を向けて行ってしまった。

十一章

朝になると、尚宇《しょうう》が一人先立って寺へと向かった。雪媛《せつえん》を密《ひそ》かに迎え入れるためだ。雪媛は念のため、顔を見られないよう馬車の積み荷の中に隠れて都を脱出することになっている。

秋海《しゅうかい》とともに朝餉《あさげ》を済ませると、雪媛は猛虎《もうこ》の姿を探した。

厩《うまや》で馬の準備をしていた猛虎は、やってきた雪媛に気づいたが、目も合わせず何も言わない。

「……もう出るの?」

「いや、日が高くなって人の往来《おうらい》が多い時間に出る。そのほうが紛《まぎ》れやすい」

「そう……」

昨夜のことを、どう思っているのだろう。雪媛は尋《たず》ねたかったが、恐れを感じた。拒《こば》まれたらと思うと、問い質《ただ》せない。

やはり無理なのか、と胸が疼《うず》いた。

（そもそも、本物の雪媛とも別れて戦《いくさ》へ向かった人だもの。一族の名誉や祖国の再興のほうが、彼にとっては大切なんだわ……）

「まだ出立《しゅったつ》まで時間がある。少し出てくる」

唐突に猛虎が言ったので、雪媛は驚いた。

「どこに行くの？」

「都の中にも協力者がいる。挨拶《あいさつ》に行ってくる」

「……そう」

雪媛は俯《うつむ》いた。

「今まで世話になったからな。もう、二度と会うこともない」

その言葉に、はっとして顔を上げた。

「――え？」

「鐸昊《たくこう》たちには、寺に着いたらすぐに話す。しばらく揉《も》めるとは思うが」

「猛虎殿……？」

「一番承服しないのは尚宇かもしれないな。あれで案外、俺よりも愛国心の塊《かたまり》だ」

猛虎は少し笑った。

「――草原に、行くか」

「え――」

「天幕で暮らして、家畜を飼って、季節ごとに土地を巡って——俺たちの祖先がしていた暮らしだ。またそこから始めるのも悪くない」

どうだ、と問う猛虎の表情は今までに見たどんな時よりも、穏やかだ。雪媛は返事をしようとしたが、喉《のど》が震えてなかなか声が出せなかった。

「……ええ……とても……とても、素敵だわ」

それを聞いて安堵《あんど》したように猛虎は微笑む。

「本当に、いいの……？」

信じられない思いで、雪媛は訊《き》いた。本物の雪媛ですら、かつての彼を翻意《ほんい》させることはできなかったのだ。

「いつか私は、あなたを後悔させるかもしれないわ。やっぱりあの時、そんな決断をするべきじゃなかったと……」

「俺はお前が言った通り、情けない軟弱者だから」

そう言って、苦笑する。

「もう二度と後悔したくない。だから、こうする。この決断は、俺が自分自身で下したものだ」

「猛虎殿……」

「……お前が後宮《こうきゅう》に入れられたと聞いた時、本気で皇帝を殺してやろうと思った」

「……え」

雪媛は目を瞬《まばた》かせる。

猛虎は、馬の首をぽんぽんと叩いて手綱《たづな》を柵《さく》に括《くく》りつけた。

「昼までには戻る。すぐ出られるようにしておけ」

そう言って出ていこうとした猛虎が、ふと足を止める。つかつかと戻ってきたので、どうしたのか、と雪媛は思った。

雪媛に向かってきた猛虎は、歩みの勢いそのままに雪媛に手を伸ばし、ぐいと顔を引き寄せ口付けた。突然のことに瞠目《どうもく》し、雪媛は硬直してしまう。

ゆっくりと唇を離すと、猛虎は少し悪戯《いたずら》っぽく笑った。

「行ってくる」

猛虎の遠ざかっていく背中を、雪媛はぼうっと見送った。

指で、唇をそっとなぞる。

その行為は、玉瑛《ぎょくえい》が知るものとは天地ほど異なるものだった。

どこか現実ではないような、ふわふわした気分。胸の中で無数の心地よい光が増殖していくような気がした。その光が身体の外まで溢《あふ》れ出し、世界が光り輝いていく。それとともに頬を伝う熱い涙は、これまでのすべてを洗い流してくれるようだった。

（これで、すべて変わる……未来は変わる）

天を仰ぐ。

（ああ玉瑛。あなたはきっと、苦しまなくていい――）

いつか生まれる彼女は、どんな人生を歩むだろう。

今度は両親に愛されてほしい。愛する人に出会ってほしい。

今、自分がそうであるように。


日が天高く昇ったが、猛虎は戻ってこなかった。雪媛は不安になり、何度も門の向こうを窺《うかが》った。

「遅いわね、どうしたのかしら」

秋海も心配そうに言った。

（もしかして、相手と揉めているのかしら……）

協力者というからには、やはり反乱を支持していたはずだ。突然矛《ほこ》を収めると言われてもすぐには納得できないだろう。そう考えながら、やきもきしつつ庭をうろうろとした。

「――奥様！　雪媛様！」

丹子《たんし》が駆けてくるのが見え、雪媛はぱっと身を乗り出す。

「猛虎殿が帰ってきたの⁉」

「い、いえ。あの、今、下女の一人が外で聞いた話なのですが」

丹子は青い顔で息を整え、怯《おび》えるように言った。

「西市《さいし》で……人が、殺されたと」

「え？」

「尹《いん》族の子どもが街の者に絡《から》まれていたそうで、それを助けに入った人が――殺されたそうなんです。それで――それが、若い男で――その――」

言い淀《よど》むように丹子は雪媛をちらりと窺った。

「猛虎様は……まだお戻りではないのですよね？」

どくんと胸が跳ねた。

雪媛は一瞬、自分の足の感覚が消えてしまったように思った。全身の血がすうっと冷え切って、固まってしまう。

「まさか……」

秋海が呻《うめ》いた。

「そんな……猛虎殿ではないわよ、きっと誰か別の……」

そうだ、そんなはずがない。秋海の言葉を聞きながら、雪媛は思った。

「猛虎殿はそのうち戻ってくるわ。ねぇ、雪媛」

しかし無意識のうちに、雪媛は厩へ駆け込んでいた。

秋海が慌《あわ》てて呼び止める声がする。しかし返事もせずに馬に飛び乗ると、一気に駆けさせた。門を飛び出し、大通りへ向かう。

(――そんなはずない)

ついさっきまで、隣にいたのだ。体温を感じたのだ。

しかしそこまで考えて、寒気がした。それと同じことをつい最近――柔蕾《じゅうらい》の時にも考えたのではなかったか。

西市の一角に、人だかりができていた。雪媛は速度も落とさず真《ま》っ直《す》ぐに、騎乗したまま突っ込んでいく。

「きゃあ!」

「なんだ⁉」

ぶつかられそうになった者が非難の声を上げた。雪媛は彼らが囲むようにしていた場所、その中心に目を向ける。

打ち捨てられたように、人が倒れ伏しているのが見えた。その手足は力なく投げ出されている。ぴくりともしない。

顔はよく見えない。

それでも、その服装、その背恰好。

雪媛は血の気《け》の引く思いで馬を降りると、ふらふらとその人物に近づいた。恐る恐る手を伸ばし、伏せられた顔にかかった乱れた髪を掻き上げる。

額《ひたい》から血を流した猛虎は、目を瞑《つぶ》っていた。触れた頬は、まだ温かい。

呼吸を確かめる。何の息吹《いぶき》も感じられない。身体を仰向けにして、胸に耳を当てた。

信じられず、何度も確かめた。

身体が震え、視界がぼやける。

「……猛虎、殿」

呼びかけるが、返答はない。

自分はまだ、仮死状態のまま長い夢の中にいるのではないか。しばらくすれば、目が覚めるのではないか。雪媛はそう思って目を瞑った。

しかしいくら待っても、目の前にある世界が変わることはなかった。

猛虎にしがみつきながら、雪媛は頭《かぶり》を振った。

「草原に行くと……言ったじゃないの」

瞼《まぶた》を閉じた猛虎の表情は、不思議なほど苦しみを感じさせなかった。どこか穏やかな、ただ眠っているだけのような顔。

「………どうして」

戦場でもない往来《おうらい》。武装もしていない人間が、何故《なぜ》こんな場所で唐突に命を奪われるのか。雪媛は周囲に集まっている人々を見上げた。

「誰が――誰がこんなこと」

人々は顔を見合わせる。返答はなかった。

「誰なの――この中にいるの⁉」

しかし誰も答えない。

「見ていた人は？　いないの⁉」

これほど多くの人間が行き交う場所で、誰も見ていないはずがない。

「あんたも尹族かい？」

前のほうにいた一人の男が言った。

「余所者《よそもの》は揉め事ばかり起こす。勘弁してほしいね」

雪媛は耳を疑った。

「……え？」

「早く、そいつをどこかへ運んでくれないかい。ここに置いておかれたら商売にならないだろ」

別の男が困ったように言った。

雪媛は愕然《がくぜん》として彼らの顔を眺め回す。

「……彼を、殺した人は？　逃げたの？　誰もその人を、捕まえることもせずに眺めていたの？」

「おい、なんだその言い方は。まるで俺たちが殺したみたいに」

「あいつらは刃物を持っていたんだ。五人がかりだったし……簡単に手を出せるわけないだろ」

そうだそうだ、と同調する声が重なる。

武器を持った五人と、丸腰の猛虎。子どもを助けようとしたというのが本当ならば、その子を庇いながら対峙《たいじ》したであろう猛虎は明らかに不利だ。

「どうして――どうして誰も助けてくれなかったの！」

悲鳴のような声を上げて、雪媛は猛虎に縋《すが》りついた。涙が溢れて、止まらない。

雪媛にはわからなかった。何故猛虎が殺されなければならなかったのか。

ふと、雪媛の肩を摑《つか》む者があった。

「――放して！」

振りほどこうとすると、静かな声が降ってきた。

「雪媛殿」

はっとして振り仰ぐと、そこにいたのは江良《こうりよう》だった。

「……っ、江良殿……っ、猛虎殿がっ……」

横たわる猛虎の姿に、江良は痛ましげな表情を浮かべた。そして雪媛の耳元に囁《ささや》く。

「これ以上目立ってはいけない。すぐここを離れるんだ」

「嫌……」

猛虎に縋りついたまま、雪媛は首を横に振った。

「君は死んだことになっているんだ。万が一事が明るみになったら――」

「嫌よ……どうして、こんな……」

雪媛を立たせようとしたが、雪媛は頑として動かなかった。その様子に焦《じ》れたように、江良は必死に言い聞かせる。

「ここで君の正体が露見《ろけん》すれば、誰より猛虎殿が悲しむはずだ。だから――」

「あーら、こんなところで何事かと思えば、刃傷沙汰《にんじょうざた》？」

唐突に、大層よく響く声が飛び込んできた。

人垣が割れていく。その間から現れたのは、派手な恰好のでっぷりとした男だった。

薄い頭髪に丸顔、厚ぼったい唇にどんぐりまなこ。片手で扇《おおぎ》を煽《あお》ぎながら、身をくねらせるようにして近づいてくる。そうして、場違いなほど愛想のよい笑顔を雪媛と江良に向けた。

「お悔やみ申し上げるわ。大切な人だったのね」

にこにことしていて、お悔やみという態度ではなかった。

「……？　あなたは？」

江良が怪訝《けげん》そうに尋ねた。

「葬儀が必要なら私のところで請《う》け負《お》うわ、どうかしら？　――私は金孟《きんもう》、よろしくね。最近この都で商売を始めたところなのよ。目の前の人のおのぞみに、なんでもお応《こた》えするのが私の信条なの。棺《ひつぎ》もお安くしておくわよ」

雪媛は怒りで目が眩《くら》む思いがした。ぎらりと金孟を睨《にら》みつける。

「人の不幸で稼《かせ》ぐつもりなの……!?　一体どれだけ浅ましいの！　あっちへ行って！」

しかし金孟は悪びれる様子もなくにっこり笑う。そして、雪媛にそっと耳打ちした。

「……いいから、言う通りになさい。このままじゃ、彼はずっとここで野ざらしよ。ご遺体をこんな連中の前にいつまで晒《さら》しておくつもり？　早くここから運び出して、ちゃんと弔《とむら》ってあげなさい」

そのひどく優しい声音に、雪媛ははっとして金孟を見上げた。金孟はにこっと笑うと、ぱんと手を打つ。

「――さぁ、商談成立！　運ぶわよ！　荷車をこっちへ！」

荷車を引いた男が人々の合間を縫ってやってくる。金孟の配下らしく、彼にぺこりと頭を下げた。

その様子を見ていた周囲の人々が、金孟に声をかけた。

「おい、あんた。さっきの連中がどこかで見てるかもしれないぞ。そんなことしたら、あんたも何をされるかわからないよ」

「関《かか》わらないほうがいい」

しかし金孟は、にっこりと笑顔を彼らに向けて言い放つ。

「あーら、ご心配ありがとう。でも、私は商人ですもの。お金さえ払ってくれればなんだってやるわ」

江良も手伝い、猛虎の体が荷車に丁重に乗せられる。その光景に、雪媛は改めて絶望感を覚えた。猛虎はもう、その足で歩くことも、軽やかに馬を駆ることもないのだ。

「さぁ、行くわよ。はいはい、邪魔よー、どいてどいて！」

野次馬たちは金孟の勢いに押されて黙って道を開ける。雪媛は足に力が入らず、上手《うま》く立ち上がれなかった。江良が労《いたわ》るように支えてくれて、荷車の後をふらふらとついていく。

その道のりは、出口のない迷路を歩いているようだった。

「――お代はいらないわよ」

柳《りゆう》家の屋敷まで猛虎を運び込むと、金孟は言った。

「亡くなった人が目の前にいたら、こうするのが当然でしょ。彼、本当に残念だったわね。ひどい話だわ……心からお悔やみを」

雪媛は何も言えなかった。魂が抜けてしまったように、ただ猛虎の亡骸《なきがら》に寄り添っている。すると、金孟はそっと雪媛の隣にしゃがみ込んだ。

「……彼が助けようとした子どもは無事に逃げられたみたいよ」

そう言って、ぽんぽん、と優しく雪媛の肩を叩く。

「その子はきっと忘れないわよ。自分を助けようとしてくれた英雄のこと。一生ね」

雪媛は答えない。江良が代わりに礼を述《の》べているのが聞こえる。

「ありがとうございました。本当に助かりました」

「ま、いつかうちのいいお得意様になってくれたら嬉しいわ。私はこの都で一番の大商人になるつもりなの。どうぞご贔屓《ひいき》に～」

そう言ってひらひらと手を振って去っていく。

そこからのことを、雪媛はあまり覚えていない。

秋海の慟哭《どうこく》が聞こえた気がする。いつまでも現れない雪媛と猛虎を心配して戻ってきた尚宇が、猛虎の亡骸の前で泣き叫んでいる光景も見た気がする。秋海が涙を流しながら、ずっと雪媛を抱きしめてくれていたようにも思う。

今が朝なのか昼なのか、判然としなかった。

どれほど時間が経《た》ったかわからない。

眠ったつもりはなかったが、ときどき知らぬ間に寝台の中にいた。誰かが運んでくれたのだろうか。それでも目が覚めれば雪媛は猛虎を求め、その棺の傍《そば》に寄り添った。

ようやく目の前の出来事をはっきりと認識したのは、蓬国《ほうこく》の残党と思われる集団が蜂起《ほうき》し、都近くの城に攻め入ったという一報が届いた時だった。その知らせを持ってきたのは江良で、彼は雪媛と秋海に警戒するようにと忠告した。

「門は無闇に開けないように。都の者は皆、反乱の知らせを聞いて尹族を敵とみなしています。関連を疑って、ここにも兵がやってくるかもしれない」

「そんな……彼らはどうしてこんな無謀な真似を……」

秋海が悲愴《ひそう》な声を上げた。

「……尚宇は？　まさか彼も一緒に？」

気がつけば、屋敷に尚宇の姿はすでになかった。

「なんてこと……」

両手で顔を覆《おお》い、秋海は膝《ひざ》をついた。

（尹族の、反乱……）

雪媛は体が震えるのを感じた。

（これはもともと起きるはずだった出来事？　それとも……私が招いたこと？）

反乱は、たった二日で鎮圧された。

討伐《とうばつ》された尹族の遺体は荒れ野に放置され、生き残った者もことごとく処刑されたという。雪媛の屋敷には石が投げ込まれ、使用人からは「誰も米の一粒も売ってくれない」と暗い表情で報告があった。原許《げんきょ》の屋敷も同じような有様で、門を閉じて身を潜《ひそ》めているようだった。

安否《あんぴ》のわからなかった尚宇が姿を見せたのは、それから数日後のことだった。

初めてこの屋敷に現れた時と同じように、夜陰に紛れて壁を乗り越えふらふらとした足取りでやってきた彼は、抜け殻《がら》のような表情をしていた。

「……尚宇！」

秋海は痛ましそうに尚宇に駆け寄った。

「申し訳ございません、奥様……」

「怪我は？」

いくつかの傷はあるようだったが、深手は負ってなさそうだった。

「雪媛様……猛虎殿の無念を晴らすことができず、申し訳ございません」

尚宇は雪媛の前に平伏する。雪媛は無言でその姿を見下ろした。

「いいから、すぐに手当てを！」

秋海がそう言って尚宇に手を伸ばすと、尚宇はその手を避けるように後退《あとじさ》り、腰の剣を引き抜いた。

「最後に一目、お二人に会って感謝を伝えたく、恥を忍んで戻ってまいりました。……柳家にお仕《つか》えできて、尚宇は真に幸せ者でございました」

剣の切っ先を喉元に突きつける。

「叶《かな》うのであれば、私の体は猛虎殿の墓のお傍に葬っていただきとうございます」

尚宇は目を瞑り、柄《つか》を握る手に力を込めた。秋海が悲鳴を上げる。

その瞬間、雪媛は尚宇に飛びつき、剣を持つ腕を両手で摑んだ。はっとした尚宇が雪媛を振りほどこうとする。

「おやめください、雪媛様！」

しかし雪媛は放さなかった。揉み合いながら、尚宇は悲痛な表情で懇願《こんがん》する。

「お願いです……死なせてください！」

「嫌よ！」

雪媛は叫んだ。

「もう誰にも、死んでほしくない――！」

涙が溢れた。尚宇はもがくのをやめ、驚いたように雪媛を見上げる。

「雪媛様……」

尚宇の手から剣が滑り落ちた。堪《こら》えきれなくなったように、その目に涙が浮かぶ。

「猛虎殿……申し訳ありません……申し訳……」

慟哭する尚宇を抱きしめながら、雪媛は自問していた。

今の雪媛には、何もできない。大事な人たちがその手から零《こぼ》れ落ちていくように消えるのを、見ていることしかできない。

（どうしたら、守れるの——どうしたら、失わずに済むの）

「——尚宇はしばらく、我が家の別邸に引き取ります。新しく雇った下男という形で、身元は伏せますのでご心配なく」

事情を知った江良がそう言って尚宇を預かると申し出、秋海は感謝してもしきれないというように幾度も礼の言葉を述べた。

「ここまでしていただいて……ご厚情にどうお報《むく》いすればよいか」

「いえ、私は恩をお返ししているだけです。お気になさらずに」

「すぐに尚宇を呼んでまいりますわ。お待ちください」

そう言って秋海は部屋を出ていく。残った江良は、隅に控えていた雪媛を見て心配そうに言った。

「雪媛殿、顔色が悪いようだ」

「……あのまま、私は後宮にいるべきだったんだわ」

ぽつりと雪媛は呟《つぶや》く。

「雪媛殿」

「そうすれば、こんなことにはならなかった」

「……この世は、ままならないものだ。君のせいではない」

雪媛はぼんやりと、庭を見つめた。

「どうして何もできないのかしら……大事な人がいなくなって、泣いてばかりは、嫌……」

「……うん」

柔蕾を思い出しているのだろうか、江良は少し俯いた。

「力が欲しい……」

そう言って自分の手を見下ろす。細くて小さな、非力な手。

「誰かを守れるような力があれば……」

猛虎の亡骸は昨夜、埋葬した。尹族の建てた寺に密かに運び込み、ほんのわずかな者だけでひっそりと葬儀を行った。

反乱に加わった尹族の遺体は、今も埋葬することも許されない。和尚《おしよう》はそう嘆《なげ》いた。あの時ここで出会った人々の顔を思い出す。鐸昊《たくこう》は反乱の首謀者として首を晒《さら》されたという。

(皆、私の同胞《どうほう》だった――)

それなのに、自分は何もできない。

「――『牢破りの男』を、知ってる?」

江良が言った。

「……え?」

「この国に伝わる物語だ。何の力も持たなかった平民出の男が、幾度も牢に閉じ込められる。しかしその男はやがて牢を破り、そしてその国の王となった――それが、今に続く王朝の始祖と言われる」

　何故江良がそんな昔話を持ち出したのか、雪媛にはわからなかった。

「国というのは外側から破るのは難しいが、内側に入り込んでしまえば案外脆《もろ》い……そういう話だ。やり方次第で、力は手に入る」

「……やり方」

「俺は――科挙《かきょ》を受けて官吏《かんり》になる。いずれ必ずや宰相《さいしょう》の座について、大きな力を手に入れる。出自や家柄にかかわらず能力のある者を登用し、他国の優れた制度や文化を積極的に取り入れ、遥《はる》か彼方《かなた》の異邦とも交易をして、この国を発展させていきたい。そして――後宮内で人が死なない体制を作り、異民族の女の子が安心して歩ける街を作る」

　その言葉に、雪媛は江良の顔を見返した。

「江良殿……」

「道のりは遠そうだけどね。でも、少しずつでも、必ずそうなるようにあがくつもりだ」

「……私も、男に生まれればよかった」

　雪媛は言った。

「私も自分の手で、そんな国を作れたらいいのに」

女の雪媛には、科挙を受ける資格もない。すると江良は、少し低い声で言った。

「……現状では、女人《にょにん》が大きな力を持つ方法はただ一つだ。最高権力者である、皇帝陛下の寵愛《ちょうあい》を得ること」

「……皇帝の……寵愛」

江良は頷いた。

「その力は絶大だ。俺が手に入れようとする力なんか、遥かに上回る場合もある。世継ぎの皇子を産めばなおさらね。——だが一方で、ひどく脆い。陛下の寵愛は移ろいやすいものだ。それはいつの時代も変わらない。その権力は本当の意味でその女人の力ではなく、あくまでも借り物。一瞬で崩れ去ることもある」

「…………じゃあ、皇帝なら？」

「え？」

雪媛の瞳には、不思議な光が宿っていた。暗く、底光りするような。

「もしも私自身が皇帝なら——その力は、私のものね？」

江良は怪訝な表情を浮かべた。

「雪媛殿……？」

そこへ尚宇を連れた秋海が戻ってきた。沈んだ様子の尚宇は、じっと俯いている。

「お待たせしました。江良殿、尚宇のこと、どうぞよろしくお願いします」

尚宇は無言のまま、頭を下げた。

「はい。──では行こう、尚宇。雪媛殿、いずれまた」

江良に続いて部屋を出ていこうとした尚宇に、雪媛は声をかけた。

「──尚宇」

暗い表情のまま、尚宇が振り返る。

「私が、守るから」

尚宇は驚いたように目を瞬《また》かせた。

「え──」

「私が絶対に、守る。お母様も、丹子も──皆を」

「……雪媛様？」

「雪媛？」

「私──後宮へ戻るわ」

柳雪媛。二代に渡り皇帝の寵愛を独占した女。

やがては謀反《むほん》を企《くわだ》て、国を乱し誅殺《ちゅうさつ》された悪女。

（ならば私は──勝利しよう）

未来を変える。

その方法は、ただ避けて、逃げるだけではない。

雪媛の双眸《そうぼう》は深く暗い輝きを湛《たた》えていた。その先に、遥か遠い未来を見据えながら。


「――よい舞手を紹介してほしいの」

尚宇の身柄を預けて数日後、雪媛は江良に相談した。

「この都で一番の舞手に、舞を習いたいのよ」

後宮に戻ると決めたものの、それは決して簡単な話ではなかった。死んだはずの雪媛が突然後宮に生きて戻れば大騒ぎになる。逃げ出したと知れればただでは済まないだろう。尹族への風当たりが強い今、極刑は免《まぬか》れない。

しかしこの状況を、逆に利用しない手はない。

(効果的な復活劇を仕立てなければ……)

どうすれば皇帝の気を引けるのか。

脳裏に浮かんだのは、柔蕾の舞だった。皇帝は彼女の舞に魅了され、その日のうちに彼女を召し出した。

江良は心当たりがある、と請《う》け合ってくれた。ただ、その表情には完全には同意しかねるという心配そうな色も滲《にじ》んでいた。

「……本当に、後宮へ戻るつもり?」

「女の私にできる方法は、それしかないもの」

もう迷いはなかった。

どんな手を使ってでも、皇帝の寵姫になる。

（そうして内側から穴をあけ、根を張り――この国のすべてを奪ってやる）

「ただ、後宮だけで満足するつもりはないけれど――ね」

雪媛は暗く微笑んだ。

（柔蕾。今なら、あなたの気持ちがわかる）

柔蕾にもらった栞《しおり》を眺める。彼女は家族のためにその身を捧《ささ》げた。愛する人への想いすら断ち切って。

そして、自分が諦《あきら》め果たせなかった想いを、雪媛に託したのだ。

（いつか――私も誰かに託そう。せめて誰か一人でも、自分の代わりに、ただ純粋に愛する人とともに幸せに暮らしていると思いたい……）

数日後、丹子が文《ふみ》を手に持ってきた。

「朱《しゅ》江良殿からです」

文を受け取り、雪媛は封を開けた。

都一と名高い芸妓《げいぎ》を明日の夜に紹介する、と書かれていた。芸妓の名は彩虹《さいこう》といい、江良自身がこれまで見た舞姫の中でも群を抜く腕前だという。

(時間はあまりないわ。短期間でどれだけできるか──それでもやるしかない)

一朝一夕《いっちょういっせき》で柔蕾のような舞がものにできるようになるとは思わない。それでも、出来得る限りの技能を習得したかった。

(江良殿には感謝してもしきれない。いずれ必ず、恩を返すわ。力を手にして──)

結びまで読み終え、そう心に誓った。そうして、文を閉じようとした時だった。

あるものが視界を掠《かす》めた。

一拍《いっぱく》置いて、雪媛は食い入るように文面を再度見下ろした。

結びの文の、更にその横。鳥のような、不思議な文様。

がたり、と立ち上がる。お茶を淹《い》れていた丹子が怪訝そうな顔をした。

「雪媛様?」

何も言わずに部屋を飛び出す。

「──雪媛? どこへ行くの?」

すれ違った秋海が声をかけたが、雪媛は勢いそのままに屋敷の門を抜け、駆けた。

人に何度かぶつかった気がするが、よく覚えていない。

不思議なほど何も目に入らない。朱家の屋敷まで、あとどれくらいだろう。

息が切れる。それでも足を止めない。

橋を渡る。

眼下に広がる河川敷に、人影があった。釣り糸を川に垂らしている。

雪媛は走りながら、声を上げた。

「――――――先生！」

江良が気づいて振り返り、息せき切って駆けてくる雪媛に目を丸くした。

飛び込むように、雪媛は思い切り彼に抱きついた。

「……!?　……せ、雪媛殿？」

声が出せなかった。

涙が溢れて止まらない。

江良は戸惑《とまど》いながら、目を白黒させている。

「えーと……これは、どういう……」

しかし雪媛が泣くばかりで何の返事もしないので、ともかく落ち着かせようとぽんぽんと背中を叩いてくれる。

その手の温《ぬく》もり。

冷え切った玉瑛の手を温めてくれた、あの手。

優しく微笑むと細くなる、あの目。

どうして気づかなかったのだろう。こんなにも面影《おもかげ》に溢れている。

泣きじゃくる雪媛に、江良はそれ以上何も言わなかった。ただ優しく、ずっと背中を撫でていてくれた。

＊＊＊

「──見ろ。あれが噂《うわさ》の柳昭儀《しょうぎ》だ」

ひそひそと、囁き合う声がする。

雪媛は自身に注がれる好奇の目を感じながら、気づかぬふりをして優雅な微笑を湛えていた。

前《さき》の戦《いくさ》の論功行賞のために集まった官吏や将兵たちは、皇帝のすぐ近くに侍《はべ》る一人の女のことを話していた。

「ああ、あの──」

「なんだ、あの側室がどうかしたのか」

「知らないのか？　五年前、一度死んで、冥府《めいふ》より戻り生き返ったという奇跡のお方だ」

「生き返った？　まさか」

「いいや、確かに死んで埋葬までされたのだ」

「息を吹き返した時に、天から特別な力を授けられたそうだ。あの方の予言は必ず当たるという」

「陛下が今、最もご寵愛なさっておられる妃《きさき》だ。四妃《しひ》様方はあの手この手で彼女を引きずり下ろそうと画策《かくさく》しているらしいぞ」

「では、柳昭儀が懐妊すれば一大事ではないか。皇子であれば、陛下はその子をお世継ぎとなされるかもしれん。歳を取ってできた子は可愛いと言うからな」

雪媛はそんな男たちの視線と、そしてともにこの場に臨席している他の妃たちからの暗い視線を感じながら、悠然と扇をひらめかせる。

四妃も当然、出席している。しかし四妃といっても、今は二人しかいない。

佟徳妃《とうとくひ》と路賢妃《ろけんひ》は、すでにこの世を去っている。佟徳妃は毒殺され、路賢妃は不義密通の罪で処刑された。

いずれも、雪媛が裏で手を回したことだ。かつて彼女たちがそうしたように。

美貴妃《びきひ》と風淑妃《ふうしゅくひ》は、長い間後宮を支配してきただけあってなかなかとどめを刺せないでいる。だがそれもそう長いことではないだろう。今や皇帝の寵愛は雪媛が独占し、彼女たちの力はすっかり衰《おとろ》えた。

（楽には死なせてやらない……柔蕾がどれほど無念だったか……富美人《ふびじん》がどれほど苦しかったか……思い知るがいい）

扇の陰で、にたりと笑う。

論功行賞は滞《とどこお》りなく進み、戦で功績のあった者たちが順に進み出て、誰を討ち取ったのか、それに対する褒美《ほうび》が読み上げられていった。皇帝は玉座《ぎょくざ》の前に膝をついて拝礼する彼らを、満足そうに眺め大いに労《ねぎら》った。

「——王青嘉《おうせいか》!」

その名が呼ばれた瞬間。

心臓が音を立てる。雪媛は、皇帝の前に進み出る青年の姿を視界に捉《とら》えた。

思い出すのは、頬傷の老将軍。竹林の中に佇《たたず》む、闇を背負った恐ろしい怪物。突き立てられた白刃《はくじん》の感触は、今もってまだ生々しく記憶に刻まれている。

まだ頬傷のない初々《ういうい》しい風情《ふぜい》の青年は、玉座の前に膝をつき、礼を取って頭《こうべ》を垂れた。

彼はこの戦で父と兄を失った。これにより王家の当主となった青嘉を、景帝《けいてい》はじっと見据える。

「大義であった。王家を背負い、この国の大きな柱となることを期待する」

「——はっ!」

皇帝直々《じきじき》の言葉に、青嘉は畏《かしこ》まった。

真《ま》っ直《す》ぐで、澄んだ目をした青年だ。

いずれ、何の罪もない娘を殺す男。主《あるじ》の命令であれば、どんなことでもする男。

「——陛下」

雪媛は景帝の傍にそっと身を寄せ、彼の耳に甘えるように囁いた。

「お願いがございます」

「どうした」

下がっていく青嘉の背をちらりと眺めながら、雪媛は暗い笑みを浮かべた。

「――あの者を、私にいただけませんか?」

終章

冠希《かんき》は分量をよく確かめながら、茶に粉末状の薬をさらさらと落とした。早く、これを碧成《へきせい》に飲ませなくてはならない。

雪媛《せつえん》の流刑地《るけいち》を訪ねてから都へ戻って以来、碧成の挙動は明らかにおかしかった。

今日、彼に仕《つか》える宮女が一人、無礼があったとしてその場で手打ちになった。昨日は侍《じ》従《じゅう》が二人、命《めい》に背《そむ》いたといって杖刑《じょうけい》に処され、激しい責め苦により絶命した。

雪媛を都へ呼び戻すという命を下したのはつい先日のことだ。今頃雪媛のもとには使者が到着しているだろう。重臣たちから猛反発を受けたものの、碧成は一切彼らの言葉に耳を貸さなかった。いまだ病《やまい》が癒《い》えないと称し、部屋に引き籠《こも》り、誰の面会も受け付けない。

一方で、彼は後宮《こうきゅう》の大規模な工事を命じた。雪媛のために新たな宮殿を用意するのだと言い、莫大《ばくだい》な費用をかけて、昼夜を問わず大量の人員物資を投入して建設を進めている。

(雪媛様が戻ってくるのは喜ばしいことだ。だが……)

姉の柔蕾《じゅうらい》の死後、冠希は雪媛から、後宮で何があったのかをすべて聞いた。

以来、雪媛の後押しを受けて皇太子であった碧成の侍従の一人となり、その信頼を勝ち取ってきた。

姉を殺した四妃《しひ》たち、そして代わりの利《き》く使い捨ての人形のように姉を見捨てた皇帝への復讐のため。そしてもう二度と、姉のような者を生み出さない世界を創《つく》るために。

碧成は先帝とは違って、後宮の女たちに対して情のある青年だった。長い間傍《そば》に仕《つか》えたことで、彼の為人《ひととなり》はよくわかっているつもりだ。世間知らずのお坊ちゃんだが、素直で心根は優しく、扱いやすい。

（しかし、今は――）

茶を盆に載《の》せ、碧成のもとへと赴《おもむ》く。

「陛下《へいか》、お茶をお持ちいたしました」

碧成は最近明るい場所を嫌がるので、部屋の中に灯火はほとんどなく、常に薄暗い。そんな闇の中、一人ぼうっと座り込み俯《うつむ》いている姿に、少し寒気を感じる。

（なんだか、得体《えたい》の知れないものになったようだ……）

このままでは危うい。

歯止めが必要だ。

今日は毒を多めに入れた。

これでしばらく、おとなしくなるだろう。

【前巻までの登場人物】

玉瑛【ぎょくえい】……奴婢の少女。尹族であるがゆえに迫害され命を落とす。

柳雪媛【りゅうせつえん】……死んだはずの玉瑛の意識が入り込んだ人物。

秋海【しゅうかい】……雪媛の母。

芳明【ほうめい】……雪媛の侍女。かつては都一の芸妓だった美女。芸妓であった頃の名は彩虹。

天祐【てんゆう】……芳明の息子。

李尚宇【りしょうう】……代々柳家に仕える家出身の尹族の青年。雪媛の後押しで官吏となった。

金孟【きんもう】……豪商。雪媛によって皇宮との専売取引権を得た。

瑯【ろう】……山の中で烏や狼たちと暮らしていた青年。雪媛の護衛となる。

柳原許【りゅうげんきょ】……雪媛の父の従兄弟。柳一族の主。

柳弼【りゅうひつ】……雪媛が後宮で寵を得るようになってから成りあがった一族のひとり。

丹子【たんし】……秋海に仕える女。

王青嘉【おうせいか】……武門の家と名高い王家の次男。雪媛の護衛となる。

珠麗【しゅれい】……青嘉の亡き兄の妻。志宝の母。

王志宝【おうしほう】……青嘉の甥。珠麗の息子。

朱江良【しゅこうりょう】……青嘉の従兄弟。皇宮に出仕する文官

碧成【へきせい】……瑞燕国の皇太子。のちに皇帝に即位。

昌王【しょうおう】……碧成の異母兄で、先帝の長子。歴戦の将。

阿津王【あつおう】……碧成の異母兄で、先帝の次男。知略に秀でる。

環王【かんおう】……碧成の六つ年下の同母弟。

蘇高易【そこうえき】……瑞燕国の中書令で碧成最大の後ろ盾。碧成を皇帝へと押し上げた人物。

雨菲【うひ】……蘇高易の娘。

唐智鴻【とうちこう】……珠麗の従兄弟。芳明のかつての恋人で、天祐の父親。

薛雀熙【せつじゃくき】……司法機関・大理事の次官、大理小卿。芙蓉に毒を盛った疑惑をかけられた雪媛を詮議した。唐智鴻とは科挙合格者の同期。

独芙蓉【どくふよう】……碧成の側室のひとり。

平隴【へいろう】……碧成と芙蓉の娘。瑞燕国公主。

独護堅【どくごけん】……芙蓉の父。瑞燕国の尚書令。

仁蟬【じんぜん】……独護堅の正妻。魯信の母。

詞陀【しだ】……芙蓉の母で独護堅の第二夫人。もとは独家に雇われた歌妓の一人。

独魯信【どくろしん】……護堅と仁蟬の息子。独家の長男。

独魯格【どくろかく】……護堅と詞陀の息子。独家の次男。

穆潼雲【ぼくどううん】……芙蓉の乳姉弟。もとの歴史では将来将軍となり青嘉を謀殺するはずだった男。

萬夏【ばんか】……潼雲の母親で、芙蓉の乳母。

凜惇【りんとん】……潼雲の妹。

曹婕妤【そうしょうよ】……碧成の側室。芙蓉派の一人。

許美人【きょびじん】……碧成の側室。芙蓉派の一人。

安純霞【あんじゅんか】……碧成の最初の皇后。

安得泉【あんとくせん】……純霞の父。没落した旧名家の当主。

安梅儀【あんばいぎ】……純霞の姉。

葉永祥【ようえいしょう】……弱冠十七歳にして史上最年少で科挙に合格した天才。純霞の幼馴染み。

浣紹【かんりょ】……純霞の侍女。

司飛蓮【しひれん】……司家の長男。

司飛龍【しひりゅう】……飛蓮の双子の弟。兄の身代わりとなって処刑された。

司胤闕【しいんけつ】……飛蓮と飛龍の父。朝廷の高官だったが、冤罪で流刑に処され病死した。

曲律真【きょくりっしん】……豪商・曲家の一人息子。飛蓮の友人。

京【きょう】……律真の母。唐智鴻の姉。

呉月怜【ごげつれい】……美麗な女形役者。司飛蓮の仮の姿。

夏柏林【かはくりん】……月怜がいる一座の衣装係の少年。

呂檀【りょだん】……年若い女形役者。飛蓮を目障りに思っている。

黄楊殷【おうよういん】……もとの歴史で玉瑛の所有者だった、胡州を治める貴族。

黄楊慶【おうようけい】……楊殷の息子。眉目秀麗な青年。

黄花凰【おうかおう】……楊殷の娘。楊慶の妹。

黄楊戒【おうようかい】……黄楊殷の父親。

円恵【えんけい】……楊戒の妻。楊殷の母。

黄楊才【おうようさい】……楊戒の弟。息子は楊炎《ようえん》。

洪【こう】将軍……青嘉の父の長年の親友。

洪光庭【こうこうてい】……洪将軍の息子。青嘉とは昔からの顔馴染み。

周才人【しゅうさいじん】……後宮に入って間もない、年若い妃の一人。

濤花【とうか】……妓楼の妓女。江良の顔馴染み。

玄桃【げんとう】……妓楼の妓女。江良の顔馴染み。

陳眉娘【ちんびじょう】……反州に流刑にされた雪媛の身の回りの世話をした少女。

姜燗流【きょうかんる】……反州に流刑にされた雪媛を監視していた兵士。

嬌嬌【きょうきょう】……眉娘の従姉妹。

集英社オレンジ文庫をお買い上げいただき、ありがとうございます。
ご意見・ご感想をお待ちしております。

● あて先
〒101-8050　東京都千代田区一ツ橋2-5-10
集英社オレンジ文庫編集部 気付
白洲　梓先生

集英社
オレンジ文庫

威風堂々悪女　6

2021年5月25日　第1刷発行
2021年6月29日　第2刷発行

著　者　白洲　梓
発行者　北畠輝幸
発行所　株式会社集英社
〒101-8050東京都千代田区一ツ橋2-5-10
電話【編集部】03-3230-6352
【読者係】03-3230-6080
【販売部】03-3230-6393（書店専用）
印刷所　大日本印刷株式会社

ISBN 978-4-08-680382-3 C0193